2020年度
应急管理好新闻获奖作品

YINGJI GUANLI HAOXINWEN HUOJIANG ZUOPIN

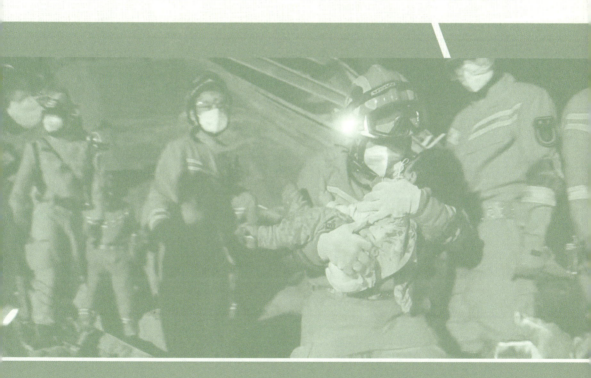

应急管理出版社

·北 京·

图书在版编目（CIP）数据

2020 年度应急管理好新闻获奖作品／应急管理部新闻宣传司编 . －－ 北京：应急管理出版社，2021

ISBN 978 - 7 - 5020 - 8927 - 6

Ⅰ . ①2… Ⅱ . ①应… Ⅲ . ①新闻—作品集—中国—当代 Ⅳ . ①I253

中国版本图书馆 CIP 数据核字（2021）第 195899 号

2020 年度应急管理好新闻获奖作品

编　　者	应急管理部新闻宣传司	
责任编辑	成联君	
编　　辑	杜　秋	
责任校对	孔青青	
封面设计	雨　辰	

出版发行　应急管理出版社（北京市朝阳区芍药居 35 号　100029）

电　　话　010 - 84657898（总编室）　010 - 84657880（读者服务部）

网　　址　www.cciph.com.cn

印　　刷　北京地大彩印有限公司

经　　销　全国新华书店

开　　本　710mm×1000mm^1/$_{16}$　印张　15^3/$_4$　字数　244 千字

版　　次　2021 年 10 月第 1 版　2021 年 10 月第 1 次印刷

社内编号　20211117　　　　　　　定价　95.00 元

前言
PREFACE

    2020 年是党和国家事业发展历程中极不平凡的一年，也是应急管理工作面临重大风险挑战、取得显著成效的一年。全国应急管理系统坚持以习近平新时代中国特色社会主义思想为指导，坚决贯彻党中央、国务院决策部署，坚持人民至上、生命至上，抗疫情、战洪水、化危机，全力以赴防控重大风险，积极推进应急管理体系建设，成功应对处置了一系列重大灾害事故，切实维护了人民群众生命财产安全和社会稳定。

    为贯彻落实应急管理部党委关于应急管理新闻宣传工作的部署，鼓励和引导新闻工作者积极投身应急管理新闻报道工作，深入宣传应急管理工作进展成效，讲好应急救援故事，推动应急管理事业改革发展，我们组织开展了应急管理好新闻评选工作。新闻媒体积极响应，热情参与，共收到报纸通讯社、广播电视、网络、摄影作品 170 篇（幅），经过初选和专家终审，最终有 44 篇入选《2020 年度应急管理好新闻获奖作品》，其中特别奖 1 篇，一等奖 5 篇，二等奖 14 篇，三等奖 24 篇。

    参加本书审核和统稿工作的有：申展利、石国胜、赵达、赵正阳、侯震霖、张子轩、朱玫、王旺等。

    在此，衷心感谢新闻媒体对应急管理新闻宣传工作的大力支持，感谢记者朋友们关注报道应急管理工作。同时，感谢评选工作中辛苦付出的各位专家学者和工作人员！

编者

2020 年 4 月

目录 / CONTENTS /

三等奖

特别奖

2020 年度应急管理好新闻获奖作品

2020 年度
应急管理好新闻
获奖作品

感动中国 2019 年度人物群体
《四川木里森林扑火勇士》

　　2019 年初，受干旱气候影响，四川省大凉山地区森林火灾频发，自春节之后，森林消防西昌大队的广大指战员，连续转战 16 个火场，扑灭火线 20 余公里。3月30号，刚刚回到队里休整不到一天，深夜，西昌大队又接到了新的命令。

　　当时四中队中队长张浩正赶上半个月一次的轮休，回家陪陪家人。

　　（采访张浩妻子张越）：（夜里）12 点 40 多的时候，他电话响了，他跟我说，木里着火了他要走了。

　　报道员代晋恺一直承担大队的新闻采写任务。

　　（采访代晋恺妈妈代文英）他 29 日才从火场下来，下来时 29 日写稿子写到很晚。

　　接到火警，代晋恺立即做好出发准备。

　　（采访代妈妈）我不进去拍的话，他说我根本就没有灵感。

　　西昌大队紧急集结，连夜向发生火灾的凉山州木里县原始林区进发。这次出征看似和往常一样，并没有什么特别。教导员赵万昆是第 108 次灭火，张浩是第 41 次。41 名指战员行车 7 个小时，又翻越山岭 6 个小时，到达海拔 3800 米的山头。

　　（采访消防员冯颖）地势陡峭，山高坡陡，悬崖也比较多。真的就是在爬这种感觉。

　　（采访张浩妻子张越）早上 10 点多的时候给我打了一个电话，他说真的是木里的山又高又陡，没爬过那么高那么陡的山。

（采访张军）因为我们队员要携带近四五十斤的装备和给养。

火情刻不容缓，31日下午3点，按照部署，胡显禄先行带领第一支10人小分队赶往山下烟点探查。代晋恺就在其中，路上他还接到妈妈打来的电话。

（采访代晋恺妈妈）我说注意安全，他说我会注意安全的。

第一队队员到达火场后，顶着高温炙烤，打灭了多个火点。同时，由赵万昆率领的第二分队和当地干部群众，正在紧急赶来增援的路上。就在这时，第一小分队突然发现了意外的险情。

（采访胡显禄）下面在冒烟，烟越来越大。比较危险，我说好，立马转移。

然而，就在他们撤出没多远，风力突然加大，林火瞬间爆燃起来。大火随着上山风，仅仅一分钟，将整个山谷点燃。

（采访凉山支队副支队长冷建春）整座山头爆发式燃烧，炸起来了一样，以前都没遇见过这种整座山全部爆燃的情况。

两个分队的消防队员瞬间被大火吞噬。在大自然的威力面前，土烧焦，树烧死，呼唤战友的声音一次次响彻山谷，没有回音。

（采访冷建春）各种紧急避险措施他都没办法施行，只有接近底部的胡显禄他们几个冲越了火线。

大火过后，人们发现了扑火勇士的遗体，27名指战员和4名地方干部群众不幸壮烈牺牲。

（彝族大妈哭唱）

痛失患难与共的战友兄弟，一起出征，却没能活着一起回家。

（采访颜金国）27位兄弟死得太惨烈了。

大队营区的笑脸墙上，每一张年轻的脸庞都笑容灿烂。牺牲指战员的平均年龄只有23岁，王佛军只有18岁。平时他最喜欢拉着老兵讲火场故事，还说以后要把自己的故事也讲给新兵听。

张浩的父母身患癌症，家务全靠妻子承担，张浩本想稍稍弥补一下对家人的愧疚，

但接到命令的他没有犹豫，随即穿上战友送来的防火服。张浩留给妻子最后的画面就是那个"中国森林消防"的坚毅背影。

（采访张越）他说能被他们所需要所认可是他们最骄傲的事，他跟我说过这句话。

为有牺牲多壮志，为国捐躯重如山。

有一种牺牲比自己赴死更令人肝肠寸断，刚刚退休的刘佰利当了一辈子森林消防员，他唯一的儿子刘代旭是在父亲的鼓励下报考了森林消防学校，刘佰利十分清楚火场的危险，却未料到生离死别如此猝不及防。

代晋恺也在牺牲的名单里，妈妈知道，儿子总是跟在最前沿，用相机记录着真实的打火战斗状态。儿子说，他想让更多人走进森林深处，了解战友们在和平年代的默默坚守，能看看他们脚底手心的血泡，和满身烟尘站在青山里的微笑。

（宣誓）我宣誓，我志愿加入国家消防救援队伍，赴汤蹈火。

听，森林消防西昌大队又响起了你们都曾立下的誓言。为保卫国家森林资源和人民的生命安全付出自己的一切。

让我们记住这 31 位扑火勇士的名字，你们将化为春泥，永远守护这大地青山！

（主持人 敬一丹）《感动中国》组委会给予四川木里森林扑火勇士的颁奖辞：

青春刚刚登场，话语犹在耳旁，孩子即将出生，父母淹没于泪水。青山忠诚的卫士，危难的永恒对手，投身一场大火，长眠在木里河两岸，你们没有走远，看那凉山上的秋叶，今年红得分外惹眼。

感动中国 2019 年度人物——四川木里森林扑火勇士

一等奖

2020 年度应急管理好新闻获奖作品

2020 年度
应急管理好新闻
获奖作品

人民日报

消防救援指战员转送病患、驻点守护、转运医疗废水

"火焰蓝"冲锋抗疫一线

在湖北保卫战、武汉保卫战中，有这样一群消防救援指战员，他们身披"火焰蓝"，始终在人民群众最需要的时候冲锋在前。作为应急救援的主力军和国家队，这些消防救援指战员不计安危、日夜奋战，积极承担涉疫救援救助任务、主动服务防疫重点单位场所。本期产经版带您走近这群可敬可爱的"火焰蓝"。

—— 编者

-01-

武汉硚口消防救援大队病患转运小组

开大巴也是救人

· 记者：申少铁 ·

3月10日清晨8点，武汉市消防救援支队三级消防士汪磊麻利地登上大巴车，拿起喷洒瓶开始给车内消毒，从座椅到脚踏板，汪磊忙个不停，"要确保转运过程万无一失，就不能放过任何一个死角。"

汪磊口中的"转运"，是疫情期间在医院、隔离点和社区之间转运接送病患的工作。对此，武汉硚口区消防救援大队组建了30人的"119党员突击队"，担任康复患者、隔离点观察人员、疑似病例转运和洗消杀毒工作，其中病患转运小组任务最重、风险最大。

武汉市消防救援支队三级消防士汪磊在武汉市硚口区沿河大道转运密切接触者。
申少铁 摄

"当时没想太多，作为一名消防员，救人是我的职责，这个时候理应冲上去！"
汪磊和其他三名队友没有丝毫犹豫，第一时间申请加入病患转运小组，一干就是 20
多天。

"武汉体育馆方舱医院 45 名康复患者需要转运到指定场所隔离观察，请迅速出
动！" 2 月 28 日中午 1 点，身背三四十斤消毒喷雾设备，忙碌四个多小时刚完成小
区消杀任务的汪磊和队友们，来不及拿起碗筷就接到了紧急指令。

引导登车、搬运行李、核对信息……那是转运小组第一次出任务。虽然是阴雨
蒙蒙，他们却在患者脸上看到了"阳光"，"我已经好了，胜利了！"一位康复者
兴奋地留影。

头一回的任务也闹出了点误会。"当天晚上，队里安排我们四人单独居住，我
还以为要隔离 14 天，这还没咋使上劲就要歇着了？"湖北伢马超内心有些"不甘"。

直到第二天，队里指派了新的任务，马超才感觉浑身有劲。

这群病患转运人，每一次都耐心细致，每一天都竭尽全力。有一回接到紧急任务，需要接送 70 多名疑似患者做核酸检测、拍 CT，从晚上 8 点出发一直忙到深夜 1 点多，回来时汗水早已浸湿了作训服，鼻梁上勒出深深的血痕。

"最多时一天跑了 8 趟，转运了 111 人。"但他们并不觉得疲惫，"每多送一个人，就多一分好转的希望，想到这里就觉得浑身有力气！"

转运工作考验心力。汪磊担任司机，他说，有时候转运患者，眼罩会起雾、影响视线，但又不能取下来擦拭，"我们就在网上找'窍门'，发现镜片涂抹洗洁精水不会起雾。"

最让汪磊难忘的，是 3 月 7 日上午他赶赴武汉市肺科医院，将一批康复者转运到武汉华夏理工学院隔离点。

当时，一位 94 岁的老奶奶坐着轮椅等在医院大门口。"我来背您上车！"汪磊没有丝毫犹豫，将老人稳稳背在背上。

"谢谢你，小伙子！真是麻烦你了！"老人稳稳地坐到车上，激动地抹起了眼泪。

汪磊说："奶奶，今天您治愈出院，是大喜事，得高兴！"

抵达武汉华夏理工学院隔离点时，工作人员反映隔离点的医疗条件无法治疗老奶奶的基础疾病。汪磊又立即将老奶奶的情况上报硚口区防疫指挥部，决定将她迅速送往武汉现代女子医院隔离点。

"分别时，老人拉着我的手，不断叮嘱我要小心。"汪磊被老奶奶的话激出了泪花。

从消防员变身转运员，"90 后"汪磊坦言岗位变了，初心始终没变。"以前，我开的是消防车，要以最快速度到达火场；现在，我开的是大巴车，就要确保每个'乘客'都安全抵达目的地。二者本质一样，都是救人！"

前几天，汪磊接到母亲电话，问他在武汉做什么工作。电话里，汪磊只说在帮忙转运康复的患者，很安全。其实汪磊不仅转运康复患者，还要转运更多的疑似患者和密切接触者。

汪磊的父亲因病去世多年，母亲在安徽老家独自生活，汪磊是家中独子。受疫情影响，这个春节汪磊没能回家。"疫情结束后，我要第一时间回家看妈妈！"

- 02 -
武汉火神山消防救援站
火场没有"补考"

·记者：韩鑫·

清晨 6 时许，天微微亮，距离武汉火神山医院 400 米处的消防救援站里，消防队员已整装待发。进入院区，沿着环形车道，逐个检测室外 9 个消防栓和室内 100 多个消防软盘……火神山医院面积超过 3 万平方米，一圈巡检下来需要 40 多分钟，消防救援站站长助理李长春抬手一看，手机步数已跳上万步。

"一线医护人员在前方竭尽全力救人，我们在后方必须尽最大努力守护好他们和患者的安全，火灾隐患排查容不得半点闪失。"李长春说。

一个多月前，为组建火神山消防救援站，武汉市消防救援支队召开动员部署会，全市 3600 多名消防指战员及政府专职消防员踊跃向组织递交决心书、请战书。作为一名有 20 多年党龄的老党员，李长春第一时间写下请战书，经过层层选拔，成为 8 名队员之一。

1 月 31 日上午，李长春和队员们开拔前往火神山医院。当时，医院正处于建设的最后关头，来自全国各地的建设者们都在抢工时搞建设。按照要求，2 月 3 日医院将接收第一批患者，这意味着必须在 48 小时内完成消防布局工作。

来到现场，浮现在眼前的是一个废弃的超市，栏杆、钢架堆得满满当当，要在短时间内改建成作战指挥部。"一边调试装备器材，一边规划执勤地点，为了尽快完成，大伙儿几乎不吃不睡，饿了吃碗泡面接着干！"

1000 具灭火器转运完成、1167 个烟感探测器安装完成、联勤联动秒级响应机制建立完成……48 小时的马不停蹄工作，在与时间的赛跑中，一项项任务接连完成，最终救援站与火神山医院同步投入使用，保证了医院一投入使用即具备火灾预防及处置功能。

"医院建好了，我们的消防救援任务才刚刚开始。"李长春说，医院内有大量

武汉火神山消防救援站站长助理李长春在进行洗消帐篷搭建训练。 资料图片

的供氧装置，电气设备都在高功率不间断运行，一旦有火星产生，后果将不堪设想。

"为此，不仅要每天两次排查医院内所有的电气电路和火灾风险点，更要未雨绸缪，制定各种风险应急预案。"

2月19日，火神山医院进行屋面加固施工，2.9万平方米的施工作业面上，施工焊点多达1800个，这对于消防保障来说难度很大。

"我们要求施工方在每个焊点安排一人手持灭火器，万一出现事故，第一时间灭火。"与此同时，李长春和队友来回巡查督导，连续4天在院内值守，为防止材料阴燃，每天施工完毕后，他们坚持多驻守一个小时。"每次都不厌其烦，才能真正堵住'万一'。"

像这样的消防应急预案，自驻站以来，李长春和队友们已经制定了115份，囊括了火神山医院每一个病区的每一个重点部位。翻开一份预案，分工细化到了每一个水带接口如何接，具体由谁来协调人员疏散、控制火势等各项工作。

"每天都会抽时间对一到两份预案进行模拟推演，熟练掌握处理程序，确保时刻处在战备状态。"如今，这些书写成文的预案已在李长春的脑海中演练了成百上千次，却一次都没有真正发生过。

"火场没有'补考'，必须一次'达优'。"李长春带领队员坚持把每一次检测都做到最好，火神山消防救援站共采集有关火神山医院数据5700个，深入火神山医院内消防巡查50余次，对轮休的医护人员进行消防安全培训10余次，协助医院防疫消杀1.2万平方米。

"火神山消防救援站的使命就是守护火神山医院的消防安保。"如今，武汉疫情防控已取得阶段性重要成果，李长春选择继续坚守岗位，"出征的时候早已下定了决心，不等到最后一个病人出院，绝不撤退！"

- 03 -
荆州洪湖消防救援大队转运突击队
危急关头没想太多
·记者：丁怡婷·

攀爬6米多高的槽罐，与含有大量细菌和病毒的医疗废水"交战"——这是荆州市洪湖消防救援大队7名"90后"消防员的抗疫战场，他们不直接接触患者，却每天与病毒"同行"。

荆州市洪湖消防救援大队正在进行医疗废水转运作业。 杨秋 摄

"设置在洪湖市人民医院老院区的定点收治医院，排污系统设备老化，医疗废水急需人工转运。"2月16日晚上，洪湖消防救援大队大队长王勤接到疫情防控指挥部的紧急电话。如果废水外溢，将造成环境污染和病毒扩散风险。

"转运任务非常危险，找哪些人去？"王勤一时举棋不定。

得知情况后，消防员金鑫等7名队友主动写下请战书，组成转运突击队，"召之即来、战之必胜，绝不让一滴医疗废水泄漏！"他们中年龄最大的29岁，最小的才21岁。

面对随时可能被废水喷溅的风险，防护工作马虎不得：医用防护服外再套上橘色的消防二级防化服，口罩和手套都戴双层，队员们"全副武装"。

在老院区的院后，6米多高、容量约25吨的槽罐立在一旁。"一、二、三，起！"两名消防员爬上槽罐顶部，固定好近80斤重的机动泵。水带的一端连接到机动泵上，另一端接入环保污水运输车内。一切准备就绪后，机动泵开始抽水。

"每一个环节都得小心细致，容不得半点纰漏。"金鑫告诉记者，转运废水最危险的环节，在槽罐连接口和运输车连接口，稍有不慎水带脱离，极容易发生废水泄漏和喷溅。金鑫就经历了这样一次"惊险时刻"。机动泵闷响了几声后剧烈抖动，突然的增压让水带猛烈向后抽动，眼看着就要从运输车接口脱离了！

危急关头，站在车顶的金鑫迅速扑倒，双手紧紧地抱住带口，双脚死死地压住水带，整个身体几乎挨到了罐口。尽管戴着口罩和面罩，但强烈的刺激味仍然直冲脑门。持续20多秒后，机动泵恢复正常。此时，金鑫上半身已经沾满溅出的废水，所幸全身消毒后身体没什么问题。

"扑倒那一瞬间有担心吗？怎么想的？"记者问。

"当时顾不上那么多，脑子里想的就是肯定不能让废水喷得到处都是，还有同志在下面呢！"金鑫说，上了"战场"就绝不能退缩。

还有一次，机动泵刚刚启动不久，消防员鄢圣学突然发现眼罩上面挂着水珠，心头猛地一紧，水从哪儿漏的？

他和队友趴在罐口，顺着水线在水带上找到一个芝麻大的漏点，迅速补救，成功排除隐患。此时，脸上的污水已经顺着口罩和护目镜边沿往下流。

为了安全起见，两名消防员回队后主动提出隔离观察，"我俩如果有一个人出问题，整个队可能都得隔离，到时候救火、洗消这些出勤都没保障了。"面对被病毒感染的风险，这些"90后"消防员首先想到的，还是工作和职责。

这样的医疗废水转运任务，每天要进行两到三次，每次两小时左右，18天来连续输转医疗废水500多吨。"经常是上午九点干到下午两三点，顾不上吃饭更不能上卫生间。"金鑫说。一趟任务下来，浑身湿透，衣服都能拧出水来。

对于正在执行的任务，7位消防员没有对家人"坦白"，只说在配合队里进行消杀工作。"我们都习惯了，经常是任务结束后才和家人说，不想让他们担心。"金鑫说。

坚持生命至上、安全第一

—— 写在第 31 个国际减灾日之际

·记者：魏玉坤 刘夏村·

13 日上午，一场地震灾害救援实战训练正在重庆紧张进行，来自重庆、四川等地的 16 支专业队 400 余人，利用破拆、支护等专业救援工具，轮流进行了模拟建筑物倒塌人员搜救、竖井内被困人员解救等科目训练。

当天是第 31 个国际减灾日。这场地震灾害救援实战训练是应急管理部首次专门组织危险化学品、矿山、隧道等安全生产专业救援队伍跨省市、跨专业联合救援实战训练，生动体现了 2020 年国际减灾日主题——"提高灾害风险治理能力"。

我国是世界上自然灾害最为严重的国家之一，灾害种类多、分布地域广、发生频率高、造成损失重。加强灾害治理能力建设，既是当务之急，也是一项长期任务。

党的十八大以来，党和国家始终高度重视灾害风险防治工作，各地区各部门坚持生命至上、安全第一，加快推进自然灾害防治体系和防治能力现代化，最大限度降低灾害损失，切实保障人民群众生命财产安全。

下好先手棋、打好主动仗，以防为主、防抗救相结合，我国救灾减灾体制优势不断彰显。2018 年 4 月 16 日，中华人民共和国应急管理部正式挂牌。新体制下，应急管理部门综合优势有效发挥，各有关部门专业优势充分体现。

2020 年夏天，我国遭遇 1998 年以来最严重汛情——

大江大河大湖发生 18 次编号洪水，多条江河同时发生流域性洪水，长江上游发生特大洪水，先后有 751 条河流发生超过警戒水位以上洪水……

面对复杂严峻汛情，应急管理部门每日组织气象、水利、自然资源等部门会商研判，提前预置救援力量。

中国气象局及时滚动提供雨情监测预报预警服务，水利部密切盯紧洪水动向，自然资源部加强地质灾害和海洋灾害监测预警。

各地区及时发布预警信息，强化人员转移避险，不落一户、不漏一人……

得益于新的防汛体制优势和灾害风险治理能力不断提升，全国紧急转移安置人次为近年来最多，防汛救灾取得阶段性重大胜利。

提高灾害风险治理能力，要针对关键领域和薄弱环节，加强基层应急能力建设。

近年来，各地区各部门不断强化灾害信息员队伍建设，将防灾减灾救灾与基层社会治理、公共服务等有机结合，建立健全基层应急指挥体系，基层应急能力持续增强。

河北省积极指导基层实行常态化、制度化隐患排查，支持引导社区居民和社会力量广泛参与灾害事故隐患排查治理活动；山西在全省组织开展专家技术服务进社区活动，深入开展防灾减灾救灾知识和应急救援技能专题讲座……

应急管理部统计数据显示，2019 年全国累计接收自然灾害灾情 8.2 万条，较近 5 年均值增加 23.4%，灾情报送数量和质量进一步提升，为应急管理决策提供了有力支撑。

提高灾害风险治理能力，要坚持源头预防，真正把问题解决在萌芽之时、成灾之前。

近年来，各地区各部门深入开展科普宣传教育，提升全社会防灾减灾意识和科学应急能力，筑牢防灾减灾救灾的人民防线。

在四川省成都市，当地运用"旅游文化＋防灾减灾"的理念，打造了一批群众喜闻乐见的减灾文化产品，让群众在潜移默化中增强科学防灾减灾意识。

在山东省青岛市，当地在市民中开展"第一响应人"培训，就心肺复苏、止血、骨折固定等应急救护知识进行培训，考核合格取得"第一响应人"应急救护证书。到 2019 年底，青岛市已有 8 万人参加"第一响应人"培训，有效提高了应急救护知

识在群众中的普及率。

应急管理部日前发布 2020 年前三季度全国自然灾害情况。与近 5 年同期均值相比，前三季度受灾人次下降 11.8%，因灾死亡失踪人数下降 40.1%，倒塌房屋数量下降 61.2%。

"十三五"收官，"十四五"将启。积极推进我国应急管理体系和能力现代化，也是我国迈入新发展阶段的一项重要任务。

2020 年 7 月召开的中共中央政治局常务委员会会议强调，要全面提高灾害防御能力，坚持以防为主、防抗救相结合，把重大工程建设、重要基础设施补短板、城市内涝治理、加强防灾备灾体系和能力建设等纳入"十四五"规划中统筹考虑。

应急管理部有关负责人表示，面向未来，各地区、各有关部门将健全信息共享机制，着力提升灾害风险监测预警水平；坚持群防群治，筑牢防灾减灾救灾人民防线；加强统筹协调，切实保障人民群众生命财产安全。

—— 中央广播电视总台央视 ——

119 消防日 · 关注消防 生命至上

安危只在三分半　夺命大火几时休

·记者：刘京　宋飞京　杜文科　曾科菘·

【导语】

记者通过分析梳理近年来的典型火灾案例发现，夺命大火多由当事人对初起火

灾处理不当导致。今年119前夕，记者从应急管理部消防救援局火灾调查部门获取的浙江宁海一家日化厂重大火灾事故的监控录像，让人们看到了一场酿成19人死亡的大火失火前后的真实场景。

【正文】

2019年9月29日中午12点45分左右，浙江宁波的一家日用品加工企业包装车间的员工们在各自岗位上忙碌着。就在此时，一名员工看似寻常的操作却酝酿着一场巨大的灾难。

12点48分40秒，一名穿深绿色的男员工离开包装车间，进入到香水灌装车间，调配并加热香水原料（异构烷烃混合物）。而接下来的一幕相当关键：正当他将加热后的香水原料（异构烷烃混合物）倒入一个塑料桶时，一团火苗突然蹿了起来，当火苗出现之后，这名员工的一系列灭火行为让人瞠目结舌。他首先用嘴去吹，希望将火苗吹灭。但火不仅没灭，反而更大了一些；他又拿了一个盖子去盖着火的塑料桶，发现桶盖和桶并不吻合，火依旧在燃烧。此时金属桶内的残留易燃液体也已经被引燃，紧接着，一个火点瞬间变成了两个火点。眼看着火烧得越来越大，他又朝着火苗用嘴吹，发现还是不管用，慌乱中找来一块纸板，对着火苗扇风！风助火势，火不仅没有灭，反而烧得更旺了。当他停止扇风之后，客观来讲，此时的火势并不算大，如果这时采用正确的处置方式，完全可以快速将火点扑灭，在起火点不远处就有3个灭火器，很显然他并没有发现，而是继续着他的错误行为，就这样贻误了灭火的最佳时机。

12点50分20秒，日用品包装车间一名正在操作包装机械设备的男员工发现了香水灌装车间的火情，但他并没有采取任何行动，而是冷眼观望了足足20秒后，转身走到了包装机械设备旁继续工作。紧接着，离香水灌装车间最近的一名女员工也发现了火情，然而他们都没有采取行动，也没意识到，危险正一步步向他们逼近。

12点51分25秒，塑料桶被熔化，看到逐渐大起来的火势，这名员工显得有些束手无策，不断来回寻找灭火办法，这个时候火灾还处于初起阶段，如果选择用灭火器扑救，仍能把火势控制，遗憾的是他仍然没有发现附近的灭火器。

　　12 点 52 分 20 秒，日用品包装车间的男员工来到香水灌装车间查看火情，离他发现火情已经过去了整整 2 分钟，看到火势变大后，他并没有采取任何灭火措施，而是慌忙跑出生产车间。这时，塑料桶被大火彻底熔化，香水原料全部流出，形成流淌火。而这名员工接下来的一个错误操作，让火势彻底失去了控制，他将水直接泼向着火点，瞬时间，火势迅速向四周蔓延扩散，并引燃周边可燃物，形成猛烈燃烧之势。显然他并不知道，类似由香水、乙醇、汽油等轻于水的物质火灾，用水去扑救犹如火上浇油。

　　12 点 53 分 20 秒，日用品包装车间的员工叫来的另一名员工匆匆跑到起火车间，但遗憾的是，他们并没有采取有效的灭火措施，也没有第一时间进行报警，更没有及时通知楼上人员疏散逃生，而是手忙脚乱地对着起火点一番指点后，迅速逃离火场。

　　一系列错误的灭火行为导致火势犹如脱缰野马，不受任何束缚，肆意蔓延扩大，浓烟裹挟着大火迅速把整个香水灌装车间吞噬，随即向楼上蔓延，将二楼和三楼生产车间正在包装作业的 20 名员工置身于危险之中。从附近居民手机拍摄画面可以看到，大火引爆香水灌装车间的化学原料，瞬间形成"蘑菇云"。

【正文】

事后发现，这家日用品企业只有一部楼梯通往楼上，二楼和三楼生产车间的人员发现火情后，只有两人跳楼逃生，其余 18 人被涌向楼梯间的大量有毒浓烟封堵了逃生通道，而当他们返回车间时，一道道金属防盗网成了他们逃生的拦路虎，最终造成包括一楼香水灌装车间员工在内的 19 人死亡 3 人受伤。经过火灾原因调查员现场勘察发现，引发这场夺命大火的竟然是由于静电引燃可燃蒸汽导致。

（浙江）【同期】宁波市消防救援支队火调技术处高级工程师 张小芹

经我们调查（异构烷烃）的混合液加热后会产生可燃蒸汽在塑料桶拖拉，搅拌混合液过程中会产生静电，这样在倾倒时，塑料桶集聚的静电放电就有概率引燃混合液的可燃蒸汽。

【正文】

从发生火情到火势蔓延扩大，从一个灭火器就能灭掉的小火演变成 19 人死亡 3 人受伤的悲剧只用了短短三分半时间，而在这三分半时间里，一次又一次的错误选择，一个又一个漠然地旁观，导致火势蔓延扩散，最终造成夺走 19 条鲜活生命的悲剧。

安危只在一瞬间，如果生产车间员工平常多掌握一点点灭火常识，如果企业按照消防安全要求设置逃生通道，这场悲剧完全可以避免。然而当悲剧发生时，这一切"如果"都已经无法挽回。

—— 中央广播电视总台央广网 ——

《致我们的 2035》

—— 守护万家灯火

·记者：李思默 李竞成·

党的十九届五中全会通过的《中共中央关于制定国民经济和社会发展第十四个五年规划和二〇三五年远景目标的建议》从经济、科技、法治、文化、生态等多个方面为我们进一步描绘了 2035 年的美好画卷。

这样的远景目标规划，落实到我们每一个人的生活中，将会是什么样？我们又该如何为之奋斗？中国之声特别策划《致我们的 2035》，今天（30 日）播出《守护万家灯火》。

马剑明，1974 年出生于江西吉安，2017 年 7 月担任九江市消防支队支队长。九江支队组建于 1949 年，守护着江西北大门 1.9 万平方公里土地和 520 余万群众的安全。长期以来，他们始终冲锋在灾情一线，成功处置各类救灾事故十万余起。在今年鄱阳湖发生超历史大洪水、防汛救险形势异常严峻的紧要关头，根据国家防总、应急管理部统一部署，队伍闻"汛"而动，营救疏散遇险被困群众 1.3 万余人。2020 年 8 月，中共中央宣传部授予支队"时代楷模"称号。

（压混）九江支队雨中战前动员：我们全体九江消防人是能够打胜仗、打硬仗的，待会解散以后各位同志按照既定议程继续保持战备状态……（压混淡出）

时间回到 2020 年 7 月 7 日，九江市湖口县大雨瓢泼，马剑明在雨中向前置点的

消防指战员做战前动员。那段时间是今年鄱阳湖地区防汛最紧张的时刻，始终在一线指挥的马剑明转战九江各地，调度救援力量，曾经一度三天两夜只睡了两个小时，连续作战 57 天。

【马剑明：刚开始包括决堤、山洪、泥石流，包括村庄被困、学校被淹都集中在那么几天，我们一天要转战三五个地方，跨几个县。战斗的集中期，也是战斗的疲劳期，也是身体和压力最高的时候，但同时我们又得保证指战员的作战效能，所以就是大范围的人员调动。】

在这 57 天里，马剑明记得最深刻的不是最危险的险情，而是来自群众的理解和感谢。

【马剑明：我们在运输老百姓的时候，给他们架浮桥的时候，有个老人家就说"谢谢你们"，他边上的小孙子说了一句，"长大我也当消防员"，这个让我们感觉，什么付出都值得，他们不光是理解我们，更是支持我们。】

（压混）电话铃声 接警人员：你好，九江 119，好的，你先安排人员疏散，我们车子马上就到。（警笛声淡出）

有急事找 119 已经成为人们的一种习惯，而在每一次成功救援的背后，都离不开一整套科学有效的管理方式作为支撑。2018 年转隶为国家综合性消防救援队伍后，日常的工作变得更多，"全灾种大应急"救援能力成为检验队伍战斗力的新要求。

【马剑明：现在转制之后，就要求我们更加专业，在救援过程中更加高效，更加科学，只要有人民生命财产安全受到威胁的灾害，我们都得做到有备无患，这个"备"就是我们的训练，就是我们的预案，就是我们各种作战准备。】

面对新要求，九江市消防救援支队加紧提升战斗力，针对辖区地质环境和企业分布情况，成立了地质灾害、石油化工、水域救援等多支专业应急救援队伍。

【马剑明：九江是一个水患比较多的地方，同时也是我们江西的石油化工的集散地，不同种类的化工企业，它的处置方法都是不同的。有些驴友喜欢穿山，那么救援过程中，我们就必须比驴友更加专业的去掌握整个庐山的山情、道路，尤其为了快速到达救援现场，我们还得掌握悬崖的角度，悬崖下降下垂的位置，这样在白天的时候我们就能够更快更节省体力的到达被困人员的现场。】

（压混）跑步喊号子：跑步走！一二三四，一二三四……（压混淡出）

虽然日常工作繁忙，但马剑明每天都会抽出时间和队员们一起跑步，边跑边聊天，一是纾解紧张的工作压力，二是掌握队员们的思想状态。在转制过程中，虽然制服颜色从橄榄绿转变成了火焰蓝，但队员们努力工作拼命进取的精气神没有变。灾前预防，灾中救援，灾后救助，支队的工作也越来越朝着专业化、精细化方向发展。

【马剑明：包括一些企业的复工复产，我们给他清洗厂区，清扫路面；包括被洪水淹的村庄，我们给他清扫路面，清洗淤泥。有这就是我们的灾后救助，就是我们当前的一些思想的转变和工作行动的转变。】

中共中央关于制定十四五规划和二〇三五年远景目标的建议中提出，坚持人民至上、生命至上，把保护人民生命安全摆在首位，完善国家应急管理体系，提高防灾、减灾、抗灾、救灾能力。十五年后应急救援队伍如何守护万家灯火，马剑明心中早已畅想过。

【马剑明：我们可能要运用高科技的手段，机器人、无人机、无线通信网络、卫星通信系统来支撑我们的科技化作战。我们可能会有自己的潜水员，我们驾驶舟艇的技术更专业，这些都要我们的专业化水平进一步提升。同时我们的队伍管理也肯定会更加严明、高效，真正做到正规化。在 2035，一个正规的消防救援队伍展现在我们老百姓面前。】

【致我们的 2035】

【马剑明：我是九江市消防救援支队支队长马剑明，2035 年我 61 岁了，有可能也离开了消防救援队伍，但是我心目中 2035 年的消防队伍是一个能够在各种灾害面前拿得出、拼得上、敢于胜利的消防救援队伍，它必定是一个科技支撑技术发达的消防救援队伍，也是一个敢于为老百姓拼命付出的消防救援队伍。我相信我们的全体指战员一定会朝着这个奋斗目标去努力，去拼搏。】

用汗水浇灌收获 以实干笃定前行

—— 2019 年全国应急管理工作综述

·记者：王晓晔 闫静 丁茜 张楠·

从 2019 年到 2020 年，时间再次印刻下新时代应急管理事业前行的闪亮坐标。

却顾所来径，豪情满胸怀。回眸刚刚过去的 2019 年：以习近平同志为核心的党中央高瞻远瞩、运筹帷幄，调整完善我国应急管理体系，持续推进我国应急管理体系和能力现代化。

"救民于水火，助民于危难，给人民以力量"的感人故事更加频密，"防"与"救"的责任链条衔接更加顺畅，对重大安全风险识别研判更加科学，一支党和人民信得过的力量在"四句话方针"的引领下阔步向前……一个个坚实的成就交相辉映，我国应急管理体制机制在实践中充分展现出自己的特色和优势。

党和人民寄予厚望

2019 年最后一天，"消防救援队伍指战员""四川木里 31 名勇士"出现在习近平总书记在全国政协新年茶话会上的讲话、2020 年新年贺词中。

打开时间的维度，党的十八大以来，以习近平同志为核心的党中央始终高度重视应急管理工作。从推进安全生产领域改革发展、推进城市安全发展、强化地方党政领导干部履行"促一方发展、保一方平安"的政治责任，到组建应急管理部、积极推进我国应急管理体系和能力现代化……高屋建瓴把舵定向，胸怀大局守正创新，擘画出新时代中国特色应急管理体系的宏伟蓝图。

2019 年 10 月 31 日,人民大会堂。"通过!"随着习近平总书记的宣布,党的十九届四中全会闭幕会会场内响起热烈掌声,宣告《中共中央关于坚持和完善中国特色社会主义制度、推进国家治理体系和治理能力现代化若干重大问题的决定》审议通过。

"健全公共安全体制机制。完善和落实安全生产责任和管理制度,建立公共安全隐患排查和安全预防控制体系。构建统一指挥、专常兼备、反应灵敏、上下联动的应急管理体制,优化国家应急管理能力体系建设,提高防灾减灾救灾能力。"《决定》勾勒出"中国之治"新境界的宏伟图景,指明应急管理体系和能力现代化的行动路线图。

2019 年 11 月 29 日下午,党的十九届四中全会闭幕后不到一个月,中共中央政治局就以我国应急管理体系和能力建设为题进行第十九次集体学习。

"应急管理是国家治理体系和治理能力的重要组成部分,承担防范化解重大安全风险、及时应对处置各类灾害事故的重要职责,担负保护人民群众生命财产安全和维护社会稳定的重要使命……"习近平总书记的重要讲话为深化应急管理事业改革发展提供了行动指南,科学回答了事关应急管理工作全局和长远发展的重大理论和实践问题。

殷忧启圣,多难兴邦。我国是世界上自然灾害最为严重的国家之一,灾害种类多,分布地域广,发生频率高,造成损失重。基本国情必须直面,风浪挑战必须迎战。

四川长宁地震、贵州水城滑坡、江苏响水爆炸……每一场灾害事故,都牵动着习近平总书记的心。"全力组织抗震救灾""本着对人民极端负责的精神强化灾害防范""全力抢险救援深刻吸取教训,坚决防范重特大事故发生"……千钧重托,托起的是人民群众对美好生活的向往;殷切期许,厚植的是一以贯之的为民情怀。在重庆考察并主持召开解决"两不愁三保障"突出问题座谈会时,总书记也不忘叮嘱"抓好安全生产""防范重特大自然灾害"。

"七下八上"主汛期,中共中央政治局常委、国务院总理李克强到应急管理部考察并主持召开防汛抗旱工作会议,强调应急值守和防灾减灾责任重于泰山,防汛抗旱不能有丝毫松懈麻痹。国务院常务会议听取江苏响水事故调查报告,对全国安

全生产电视电话会议、全国森林草原防灭火和防汛抗旱工作电视电话会议、全国秋冬季森林草原防灭火工作电视电话会议等做出批示，总理的牵挂中总少不了"应急管理"。

在国家综合性消防救援队伍组建一周年之际，中共中央政治局常委、国务院副总理韩正出席深入学习贯彻习近平总书记为国家综合性消防救援队伍授旗训词精神座谈会，充分肯定了队伍建设和应急管理工作取得的成绩。

在2018年度省级政府安全生产和消防工作考核巡查启动时，在森林草原防灭火、防汛抗旱关键期，在迎接新中国成立70周年前夕……国务委员王勇先后赴各地调研指导，带去党和国家对抓好安全生产、防灾减灾救灾、应急救援等应急管理工作的重视和关心。

过去的一年，不断强化制度建设是中国特色应急管理体系建设的鲜明主线。

——"健全国家应急体系，提高防灾减灾救灾能力。加强安全生产，防范遏制重特大事故"，被写入政府工作报告，解民之所盼。

——《关于深化消防执法改革的意见》印发，消防执法理念、制度、作风迎来全方位、深层次变革，促进全社会火灾防控能力逐步增强。

——对《中华人民共和国消防法》做出修改，进一步巩固机构改革职能转变成果。

——《生产安全事故应急条例》施行，使生产安全事故应急工作体制、应急准备、应急救援有章可循。

——修订后的《中华人民共和国森林法》明确，"国家综合性消防救援队伍承担国家规定的森林火灾扑救任务和预防相关工作"，为森林火灾科学预防、扑救和处置明责定规。

……

步履铿锵，一往无前。在一系列的高度重视、亲切关怀下，我国应急管理体系不断调整和完善，应急管理体制机制特色和优势正逐步展现。

积极推进应急管理体系和能力现代化

应急管理是国家治理体系和治理能力的重要组成部分。2019年，既是应急管理部组建到位后全面履职的第一年，也是全系统奋力书写应急管理领域"中国之治"答卷的一年。

面对复杂多变的事故灾害形势、艰巨繁重的深化改革任务，应急管理系统以改革为动力、以关键带全局，大胆探索，严实细作，积极推进应急管理体系和能力现代化。

一年来，再造重建、脱胎换骨，努力实现由"物理相加"向"化学反应"转变

努力形成高效统一的指挥体系。立足新建部、刚起步实际，部领导带头与机关人员一起，24小时在岗在位、值班备勤。无论是协助青海抵御严重雪灾，还是助力四川长宁抗震救灾，无论是调兵驰援山西沁源林火扑救，还是指挥迎战超强台风"利奇马"，应急管理部均第一时间牵头会商、第一时间调度指挥、第一时间派出工作组，实现了研判更快速、决策更科学。

"应急管理部见事早、出手快、响应迅速，及时指导和协助地方做好救灾工作，最大限度减轻了灾害损失，这得益于党中央组建应急管理部的科学决策，体现了应急管理部的担当作为。"2019年3月，雪灾灾情缓解后，青海省委书记王建军、省长刘宁来到应急管理部，以示感谢，由衷感慨。

努力实现各类救援力量资源的充分整合。在应急管理部竭力推动下，以国家综合性消防救援队伍为主力、以军队非战争军事行动力量为突击、以各类专业救援队伍为协同、以1200余支社会应急队伍为辅助的中国特色应急救援力量体系构建完成、成效初显。

"我一直在提醒自己，快点、再快点！"贵州水城山体滑坡发生后，国家综合性消防救援队伍、中国安能集团救援队、安全生产救援队、社会救援力量迅速集结，各路尖兵齐赴现场、协同作战，一场"多兵种"联动的救援战役迅疾打响。

努力实现机关干部和工作职能有机融合。不搞"一刀切"——面对繁重的改革发展任务，应急管理部坚持实事求是，针对灾害时段变化，分轻重缓急，分步转隶到位；"一碗水端平"——对来自各部门的干部，部党组坚持"赛场选马"，公开公正选人用人；衔接责任链条——与32个部门和单位建立会商研判和协同响应机制，理顺职责划分，做到"统""分"结合、"防""救"结合。

2019年第9号台风"利奇马"来势汹汹，但跑在台风前面的，有国家防总、应急管理部派出的工作组，有提前部署的3200余名消防救援人员，更有相关部门的协同配合：应急管理部坚持每日牵头会商调度，水利部、交通运输部、自然资源部、中国气象局及时启动相应级别应急响应，商务部启动保障生活必需品市场供应工作联系机制……高效协作，形成了齐心抗台的强大合力。

一年来，乘势而上、尽锐出战，继续打硬仗、啃硬骨头，集中力量推进重要领域和关键环节改革

制定部级应急预案和分灾种响应手册，制修订应急响应、专家智库、通信保障、物资调派等制度机制，分类制定地震、台风、堰塞湖等10余种灾害事故救援预案，编制各类灾害处置规程……扁平化的应急救援指挥体系正日益形成，随时做好"打大仗、打硬仗"的准备。

加快灾害监测站网和基础设施建设，建成部、省、市、县四级贯通的全国应急指挥信息网，推进危化品安全生产风险监测预警系统全面应用，遥感卫星监测可视化系统投入试运行，初步实现气象、水旱和雨雪冰冻等自然灾害动态监测……以信息化推进应急管理现代化，真正把问题解决在萌芽之时、成灾之前。

组建国家自然灾害防治研究院，应急管理部自然灾害工程救援中心在中国安能建设集团有限公司挂牌成立，加快建设国家区域应急救援中心、国家航空应急救援体系……打造尖刀和拳头力量，加快提升各类灾害事故综合防范能力。

建立"一带一路"区域合作机制，与联合国减灾办等30余个国际和区域组织、俄罗斯等50多个国家应急管理部门建立合作关系，派出中国救援队赴莫桑比克开展国际救援……贡献中国智慧、展现大国担当，助力构建人类命运共同体。

一年来，凝聚力量、实干笃行，各级应急管理部门担当尽责，推进应急管理体系和能力现代化的生动实践遍地开花

作为"一带一路"和长江经济带联结点，重庆积极探索搭建应急管理体系"四梁八柱"，逐步构建了应急组织指挥、行政管理、救援力量、制度保障"四大体系"，着力推动应急管理体系和能力现代化。

建立"1+11"应急管理指挥体系，设立直属于县应急管理局、驻扎在乡镇的应急救援中队，险情通过平台直接上报、应急预案一键发送——在自然灾害频发的河南兰考，一场提升应急管理效能、推动构建基层社会治理体系的"实验"正在展开。

奔着问题去、盯着问题改，山东青岛聚焦短板弱项，明确"流程再造、提质增效"的执法改革思路，从摸清风险隐患底数、加强基层安全员队伍建设、构建信息化平台等多个维度入手，探索推进安全生产监管执法流程再造。

加强应急管理体系和能力建设，既是一项紧迫任务，又是一项长期任务：从甘肃加快全省新型应急管理体系建设，到河北完善应急管理"十大体系""十个机制"；从北京推动应急管理与消防救援力量融合互动，到湖北构建部门联动、军地联动"一张表""一张图"；从珠海与港澳在防灾减灾方面开展深度合作，到长三角"三省一市"应急管理部门共商协同发展；从贵州打造应急管理"一云一网一平台"，到四川布设地震烈度速报与预警系统；从山东组建森林消防专业队伍，到山西重点加强专业应急救援力量建设……一起奋斗、一起攻坚的行动随处可见。

放眼神州大地，改革探索不断催生创新活力，时时都有新变化，处处展现新气象。

防范化解重大安全，应对处置各类灾害事故

面对防范化解重大安全风险、及时应对处置各类灾害事故的重要职责，保护人民群众生命财产安全和维护社会稳定的重要使命，过去的一年，应急管理部党组系统谋划、综合推进，应对自然灾害和生产事故灾害能力不断提高，成功应对了一次又一次重大突发事件，有效化解了一个又一个重大安全风险，为经济社会持续健康发展和庆祝中华人民共和国成立 70 周年创造了稳定的安全环境。

一年来，密切关注新生风险，完善风险防控机制，在及早谋划、提前布局中凸显科学思维

2019 年，水、旱、风、火等自然灾害"轮番上阵"，应急管理部早早从工程和非工程领域"多管齐下"，努力提高基层特别是农村贫困地区防灾减灾救灾能力。

——主汛期来临前，联合气象、水利部门，加强预测预报预警，密集会商，细化研判，落实全国防汛抗旱行政责任人名单，确保防汛有人管，不留责任空白。

——防火期来临前，派出工作组开展动态督查，下发风险防范警示函，部署森林消防指战员和直升机机组靠前驻防，重点地区重点布防，直升机时刻待命。

——针对旱灾较重省份，密切监视天气变化，滚动分析旱情发展变化，在特旱、重旱地区前置备勤消防救援力量，组建"抗旱保民生"小分队，多举措开展防旱抗旱工作。

一年来，下大力气攻坚克难，细化责任层层压实，在防风险、除隐患中凸显初心使命

责任重于泰山，落实难在方寸。应急管理部始终牢牢抓住责任这个"牛鼻子"，推动各级党委政府健全责任体系。

海南细化党政领导干部安全生产责任，明确县级以上党委班子成员安全生产职责；贵州省委、省政府把安全生产和消防安全工作职责，写入34家省直单位"三定"规定；山东济南实行安全生产责任终身问责制，将责任追究进行到底。

这一年，危化品领域是重点攻坚对象。对53个危化品重点县开展专家指导服务，对重点省份开展化工行业明查暗访和执法检查，对江苏开展专项整治督导，开展以危化品等重点行业领域为主的安全生产集中整治行动……一项项直插基层、查病除患、细致指导的行动全面推开。

"晚上没人值班，如果化工企业发生事故怎么办？""这么多地方有通信故障，你们这套系统简直处于半瘫痪状态！""安全资料要存在一线人员脑子里，不能锁在机关的抽屉里。"一项项问题隐患从角落里被揪出，无所遁形。

时间是最公正的书写者，从来不会辜负实干者、拼搏者、奋进者。2019年，全国安全生产形势总体保持稳定态势，事故总量、较大事故和重特大事故实现"三个持续下降"。

一年来，科学决策、英勇战斗，越是艰险越向前，在应对和处置灾害事故中凸显拼搏精神

烈焰翻卷、房屋坍塌、罐体破裂……2019年3月21日，在响水爆炸事故现场，千钧一发之际，现场指挥部当机立断，发起总攻，大火终被扑灭，一条条鲜活的生命被"抢"了出来。

狂风呼哮、洪水肆虐、水漫古城……2019年第9号台风"利奇马"凶猛来袭，各地区周密备战，应急人奋力迎击，"公主抱""最美睡姿"等事迹被百姓交口称赞。

能力提升、实战历练、装备升级……应急救援队伍不断成长，越来越多奇迹被创造出来。江西宜春山洪暴发，应急人历经艰难险阻，将118名被困游客全部救出；山东能源肥矿集团梁宝寺能源公司"11·19"火灾事故救援中，救援人员科学施救，11名被困人员安全升井；四川杉木树煤矿突发透水事故，凭借持续努力，13名矿工被困80多个小时后奇迹生还。

一年来，应急管理部累计组织灾害事故视频会商293次，启动重特大灾害事故响应58次，派出工作组383个；国家综合性消防救援队伍全年出动指战员1311.9万人次，营救遇险民众15.8万人、疏散49.7万人，抢救保护财产价值242.2亿元人民币；应急管理部门全年365天、每天24小时应急值守，随时做好应急准备。

没有比人更高的山，没有比脚更长的路。防范化解重大安全风险，应急人依然在路上；应对处置突发险情，应急人时刻准备着。

成为党和人民信得过的力量

新故相推，日生不滞。2019年，应急人攻克了一个又一个的"娄山关""腊子口"。成绩的取得，离不开一支忠诚干净担当经得起各种考验的干部队伍。

为政之要，唯在得人。应急管理事业刚刚起步，管理基础薄弱、体制机制不健全、防范化解安全风险能力不强等硬骨头摆在面前。建好建强队伍，在2019年首次召开的全国应急管理工作会议上，被作为一项重要任务予以重点部署。

一年来，以党的政治建设为统领开局破题，坚持把扎实开展"不忘初心、牢记使命"主题教育，作为重大政治任务和锤炼队伍、推进事业发展的重大机遇

整合职能最多、领域变化最大，机构改革后，新工作、新任务接踵而至，应急管理部以全面加强党的政治建设为统领，把讲政治贯穿工作全过程、各方面；以对党忠诚、纪律严明、赴汤蹈火、竭诚为民"四句话方针"为魂和纲，架起队伍建设的"四梁八柱"，让这支队伍成为党和人民信得过的力量。

应急管理"高负荷、高压力、高风险"，随时可能面对极端情况和生死考验。部党组成员带头作表率，夙兴夜寐、忘我工作。每逢节假日，每逢台风、暴雨、泥

石流等灾害事故来袭，部党组书记黄明或第一时间赶到部指挥中心，或奔赴现场坐镇指挥，激发起全系统的执行力、战斗力、凝聚力。

工作建设每推进一步，理论武装就跟进一步。部党组领学促学，黄明书记带头讲党课，带动全系统认真读原著、学原文、悟原理，系统各级党组织集中学习，举办读书班，召开研讨交流会，讲授专题党课，推动学习向纵深推进、向基层延伸，切实打牢践行初心使命的理论基础和思想根基。

一年来，本着"干什么学什么、缺什么补什么"原则，主动应对现实挑战，努力破解"本领恐慌"

"学如弓弩，才如箭镞。"应急管理部机关开设大讲堂，每月一次，部党组同志带头讲，引领全系统干部勤学、善思、笃行。

补短板、提能力，应急管理部门和消防救援队伍均将其提上重要日程。

"擅长什么就干什么""熟悉什么就干什么"，贵州省应急管理厅积极推动机关岗位职业化专业化标准化信息化"四化"管理，坚持以"大学习"强基础，以"大调研"查问题，以"大比武"促提高，以"大落实"见实效，让应急管理干部懂应急、能应急、会应急。

云南普洱48名应急管理干部，不远千里来到中央党校（国家行政学院）"取经"。面对满当当的课程安排，他们不嫌苦不嫌累，直呼"培训就像一场及时雨，太解渴了，希望这样的培训更多些"。

以前，消防救援队伍最熟悉的作战对象是"火"。如今，洪涝救援、地震救援、危化品堵漏、泥石流救援、卫生防疫……十八般武艺，他们样样都得练精——全员岗位练兵、比武竞赛，练体能技能、练战术指挥、练协同保障；危化品救援、水域救援、绳索救援等各种培训，学技能长本领；江苏响水爆炸事故、台风"利奇马"等重大救援行动后，召开战评会复盘，找问题查不足，提升专业施救能力。

以前不干的，现在要干；以前不懂的，现在要学；以前不精的，现在要练。不仅要练，还要拉出来比。在首届"火焰蓝"救援技能对抗比武暨国际消防救援技术交流竞赛上，来自国内外的救援队伍，围绕典型灾种地震、水域、山岳、交通事故救援等20个科目同台竞技、互学互促。

大学习、大调研、大比武在应急管理系统如火如荼开展，比学赶超、争先进位的热潮为应急管理事业发展筑牢了人才基础。

一年来，面对全灾种、大应急的挑战，建设专业队伍，吸纳新鲜血液，整体推进各灾种救援队伍建设

育才造士，为国之本。应急管理部门和消防救援队伍与天斗、与地斗、与水斗、与火斗、与各种风险斗，必须要有尖刀和拳头力量。

应急管理部在全国布点组建 27 支地震（地质）、山岳、水域等专业队和 2 个搜救犬培训救援基地，组建中国救援队，在各省份组建机动支队、抗洪抢险救援队，在边境线组建 6 支跨国境森林草原灭火队，招纳 4.5 万余名消防员，为主力军和国家队吸纳新鲜血液。各地同步组建了 246 支工程机械救援队、2800 余支各类专业队，应急救援队伍得以壮大。

中国救援队组建后，便赴莫桑比克执行首次国际救援行动。他们过硬的作风、精湛的技术，备受好评，是唯一一支受到莫桑比克总统纽西接见的国际救援队伍。他们临走时，当地民众竖着大拇指高呼"希娜"（葡萄牙语，指中国），表示感谢。

一大批先进个人和先进集体涌现。他们中，有默默奉献、无悔付出，在祖国"心脏"护佑民族文化瑰宝的蔡瑞；有日夜奔波，顶住压力啃硬骨头，辛勤耕耘在安全监管执法一线的张之崟；有扎根边疆一线，投身防震减灾事业，让百姓住上抗震安居房的齐建；有铁面无私、秉公执法，倾心守护煤矿工人生命安全的张在贵；有数十年如一日扎根莽莽原始森林，守护祖国绿水青山的奇乾中队……有形的感召，无声的力量，引领全系统见贤思齐、学习先进、争当先进。

2020 年，是全面建成小康社会和"十三五"规划收官之年，要实现第一个百年奋斗目标。一路上，有风平浪静，也有波涛汹涌。展望新的奋斗图景，敢打敢拼、能征善战的广大应急人，将不惧风雨，不畏险阻，只争朝夕，不负韶华，以全力推动应急管理体系和能力现代化的生动实践为中国梦的实现保驾护航。

二等奖

2020 年度应急管理好新闻获奖作品

2020 年度
应急管理好新闻
获奖作品

新华社

"疫"线闪耀"火焰蓝"

—— 记奋战湖北抗疫一线的消防救援队伍

·记者：刘刚 邹伟 熊丰 徐海波·

"对党忠诚、纪律严明、赴汤蹈火、竭诚为民"。

牢记习近平总书记授旗训词精神，在疫情肆虐的荆楚大地，广大消防救援指战员擎旗而进，有灾必救、有难必帮，"火焰蓝"闪耀在战"疫"前沿。

在战"疫"一线践行初心使命

两昼夜不眠不休，抢在武汉火神山医院启用前完成消防救援站建设；入驻后 24 小时"零距离"驻勤，为医院安全运行保驾护航……

火神山消防救援站党支部副书记、站长助理李长春和 7 名战友组成的党员突击队，在抗疫最前沿已值守一月有余。

"疫情不退，我们不退。"这名有 21 年党龄的老党员语气坚定。

作为疫情防控工作一支不可或缺的专业骨干力量，在主战场湖北，6000 多名消防救援指战员坚守一线、日夜奋战，全面履行灭火抢险救援、防疫安全保障、社会救助服务等各项职责。

疫情就是命令，旗帜就是方向。

坚决贯彻习近平总书记对疫情防控工作重要指示精神，应急管理部党组部署各级应急管理部门和消防救援队伍全面落实安全防范各项责任，更好地服务疫情防控

火神山消防救援站的党员突击队在开展防疫洗消训练前集合（2020 年 2 月 5 日摄）。新华社发（何汉求 摄）

和安全防范、应急救援工作大局。

应急管理部派出前方工作组驻守武汉，湖北省消防救援总队紧急启动战时工作指令机制，全省各级消防救援队伍实行 24 小时实战化运转。

时刻听从党和人民召唤。一封封请战书，一枚枚红手印，凝聚战斗意志，展现忠诚担当。

关键时刻党员上！湖北消防 3560 名党员组成的 208 支"119 党员突击队"、143 支"119 党员服务队"冲锋在前。

"方舱医院是防火重点单位，请组织派我去。"武汉市青山区消防救援大队干部刘江和同事组成防火监督专班，值守方舱医院，巡检消防设施，排查火灾隐患。

"作为一名党员，疫情防控责无旁贷。"湖北省消防救援总队汉江支队仙桃特勤站站长助理尹礼磊第一时间率队深入隔离医院、生产企业，消除安全隐患，开展

新冠肺炎疫情期间，湖北省消防救援总队抽调25名防灭火骨干赶赴仙桃，进驻当地防疫物资生产企业全天候看护，这是他们在进行原地着防化服训练（2020年2月拍摄）。新华社发（蔡久勇 摄）

实地灭火演练。

　　一个支部，一座堡垒；一名党员，一面旗帜。

　　湖北省消防救援总队党委牵头统筹，9名党委委员带队深入疫情严重的地区，与基层消防指战员并肩战斗。

　　在黄冈，消防救援支队党委委员带头深入一线，组建14支党员突击队、6支党员服务队，处置火灾44起、抢险救援9起，参与涉疫勤务处置34起，确保疫情防控消防安全。

　　在孝感，1名有精神病史且疑似新冠肺炎患者将自己反锁在家中，手持铁锤声称谁进来就砸谁。"就我们上，免得更多人与病毒接触。"孝南区交通路消防救援站站长陈言龙带领队员破拆而入，协助民警将病人送医。

　　进入战时状态，就是要扛起战时责任。

排查每个角落，只为不放过任何一处安全隐患

穿梭在小区楼层之间，细致检查消防控制室、消防通道和室内消火栓、灭火器，清理疏散楼梯内杂物……

荆州市消防救援支队洪湖大队消防员在输转医疗废水，他们日均输转医疗废水30吨以上（2020年3月1日摄）。 新华社发

在已出现12名确诊和疑似病例的某小区，荆州市沙市区江津消防救援站政治指导员刘俊超和同事主动驻守，早晚巡查；每天为小区居民送饭470盒、回收垃圾1吨；上门排查时又发现2例疑似患者，送医后均确诊。

争夺分分秒秒，只为将防疫物资尽快送达

2月22日，贵州省支援的一批物资运抵鄂州，市消防救援支队调派党员突击队员执行物资搬运任务。没有拖车就用肩扛手提，3个小时不停歇，20名队员搬运了3货车约55吨物资。

最是危难见初心，越是艰险越向前。

2月23日，武汉雷神山医院。消防救援站党员突击队9名队员正在这片近8万平方米的区域里进行例行检查。检查完消火栓压力后，队员们又来到隔离病区前的医护通道，仔细查看周围环境，对照平面图进行现场熟悉和测试。

消防人员在雷神山专职消防救援站集合（2020年2月16日摄）。新华社发（何汉求 摄）

"进入医院隔离区，没有危险是不可能的。"队长曾雄飞道出大家的心声，"我们要用实际行动，确保一条条生命通道的万无一失，不辜负党和人民的重托。"

195个前置驻勤点、286辆车、1023名指战员，40天来，湖北省消防救援队伍在定点医院、方舱医院等重点单位、区域日夜驻守，全力守护白衣天使和患者的安全。

为疫情防控贡献不可替代的力量

没有硝烟的战"疫"中，有一群不在聚光灯下的身影，不直接接触患者，却每

雷神山消防救援站外景（2020 年 2 月 5 日摄）。新华社发（何汉求 摄）

天与病毒"同行"。

"从领受任务的那刻起，我们就做好了被隔离的准备。"得知定点收治医院的医疗废水急需转运，荆州市洪湖消防救援大队 7 名 90 后消防员集体请战，组成转运突击队。

2 月 20 日上午，突击队执行任务时，机动泵突然增压。水带随之猛烈向后抽动，眼看就要从运输车的罐口脱离。队员金鑫迅速扑倒，顶着浓烈的刺激气味，双手紧紧抱住水带，用身体死死堵住罐口。

"当时只有一个念头，不能让废水喷出危及群众。"金鑫事后说。

直面病毒，不计生死。10 多天来，这支突击队每日攀爬 6 米多高的槽罐，日均输转医疗废水 30 吨以上。

针对社区严格管理后涉疫救助和病员转送、物资转运任务增多的新情况，应急管理部部署湖北省消防救援队伍119报警台启动新工作机制，在全面接受防疫指挥部统一调度的同时，受理社会单位和广大人民群众涉疫报警求助，在病员转送、物资转运、洗消杀毒、排水排涝、紧急送水、高空救助等方面发挥突出作用。

"武汉体育馆方舱医院45名康复病人需要转运到隔离点，请你们迅速出动。"

2月28日13时，刚完成10多个小区消杀任务的硚口区消防救援大队党员突击队接到指挥部指令，9名队员立即出发。引导登车、搬运行李、跟进洗消……4个多小时，全程穿着防护服的队员们汗水浸透衣背。

目前，武汉消防指战员组成的新冠肺炎病员转运洗消党员突击队，650名队员分成20个片区分队，奋战在转运接送康复患者的一线。

抗击疫情，更凭本领高强。

成立疫情防控定点医疗机构和集中隔离点消防安全技术指导专家组；制定方舱医院消防安全要则、扑救疫情集中收治定点医院火灾行动要点；使用无人机等设备开展消防安全巡查和预警；利用危化品处置专业优势，更好支持防护消杀工作……

完善应急预案、严格处置程序、强化科技支撑。改革转隶后的消防救援队伍以专业精准的过硬素质，为疫情防控贡献出不可替代的力量。

疫情如火，必须确保以超常规速度建成的一座座"生命方舟"绝对安全

"氧气瓶存放场所必须符合防火安全要求，有良好的通风并远离明火。"

已启用的方舱医院，全部安排消防驻守，共26车488人。进行安全指导服务，开展消防安全培训，成为常态。

迎难而上，必须盯紧疫情防控安全的关键环节

"口罩、防护服生产线消防安全不能有任何闪失。"湖北省消防救援总队抽调25名防灭火骨干赶赴仙桃，进驻当地防疫物资生产企业全天候看护，守住战"疫"生命线。

"迅速为医院活动板房进行加固。"一声令下，荆州市洪湖市消防救援大队20名指战员顶风冒雪，为了更好服务疫情防控大局，湖北省各市消防救援支队日前发布公告，119报警服务台受理涉疫报警求助。在气温零度的室外连续工作14个小时，让洪湖"小汤山"医院在风雪中安然无恙。

面对"看不见的敌人"，必须专业、严谨、细致

"该消毒的地方一点也不要马虎，重点部位再来一遍。"

鄂州市消防救援支队调派党员突击队员搬运贵州省支援鄂州的一批物资（2020年2月22日摄）。新华社发（王涛 摄）

2月22日一早，鄂州市华容区消防救援大队大队长毛飞率领10名突击队员，到辖区内的小区开展消毒工作。消毒装备重达60多斤，将整个小区全面消毒，至少需要来回装3次消毒水。繁重且枯燥的工作，队员们一丝不苟。

目前，消防救援队伍的公众洗消站、单兵洗消帐篷陆续部署到疫情防控一线，高压细水雾枪、喷洒器具等专业器具配备到一线消防人员，消防车辆已经对楼梯口、垃圾点、污水井道等重点部位进行消毒。

一组组数字，记录下不平凡的付出。截至 3 月 4 日，湖北全省消防救援队伍共参与涉疫勤务处置任务 4472 起，转运病员 4159 人，消杀面积 751 万平方米，搬运物资 1.17 万吨。

在群众需要之时暖民心解民忧

"我们有出院证明，还有襄阳市疫情防控指挥部开具的通行证，也联系了我们社区的人，但客车、火车都没有，希望你们能帮帮我们。"接到肖女士的求助信息，襄阳市消防救援支队立即出动，送肖女士和她遭遇车祸后治愈出院的儿子安全回到枣阳的家中。

民之所急，就是冲锋号角。

"有困难，打 119"，在疫情中更显暖心力量。

"徐奶奶，我们又来看您了……" 2 月 27 日下午，宜昌高新技术产业开发区东山消防救援站的消防员们带着米、油等生活物资，再次来到徐奶奶家。

此前，独居在家的徐奶奶外出忘了带钥匙，回不了家。宜昌市消防救援支队接警后，派消防员前往现场顺利开门。了解到徐奶奶生活孤单无助，消防员们与她结成了帮扶对子。一句"您需要帮忙出力的尽管说"，让 74 岁的徐奶奶湿了眼眶。

有勇闯火场的坚毅，也有呵护民生的柔情。一抹抹闪动的"火焰蓝"，伸出坚强有力的臂膀

2 月 10 日，武汉一处有 2 例确诊患者和多例疑似病人的住宅楼发生火灾。冒着被传染的危险，41 名参战指战员紧急疏散人群，奋力扑灭火灾。

根据抗疫需要，黄冈市妇幼保健院新院区实行改造。100 名消防救援指战员紧急为医院搬运、组装 300 张床位。120 公斤重的 ICU 病床压在肩上，消防员们咬紧牙关、奋力向前。

战疫情，护民安。从转运康复患者，接送去医院检查人员，到为中小学生配送课本；从为出门不便的居民送药，到帮助超市搬运、打包物资；从一次次上门提醒"戴口罩、勤洗手、少出门"，到不厌其烦宣教用火用电安全……看似细琐的点点滴滴，

宜昌市东山消防救援站消防员在帮助忘了带钥匙的独居老人徐奶奶开门（2020 年 2 月 26 日摄）。新华社发（王申 摄）

宜昌市东山消防救援站消防员带着米、油等生活物资，再次来到徐奶奶家看望（2020年2月27日摄）。新华社发（王申摄）

宜昌市消防救援支队在该市一处广场进行消杀作业（2020年2月4日摄）。新华社发（王申摄）

黄冈市消防救援支队组建的党员突击队在市妇幼保健院新院区紧急搬运病床（2020年2月15日摄）。新华社发（殷聪 摄）

透出爱民深情。

同心战"疫"，更有彼此的守护和激励。

一份鼓励，就是前进动力。武汉市黄陂消防救援大队的消防员黄国康，与母亲、武汉大学中南医院影像科医生王靖同在抗疫一线。在医院，身处不同岗位的母子隔着10米远，默契地举起右臂彼此打气鼓劲。

一个挥手，胜过万语千言。2月18日，宜昌市枝江市消防救援大队防火监督员张赵旭，与同样坚守在抗疫一线的妻子覃明敏在一处小区检查点不期而遇，从大年三十就未见面的他们匆匆问候，挥挥手，便继续各自工作。

一种担当，在父子间传承。父亲宋发勇是恩施扶贫"尖刀班"成员，大年初一便奔赴驻点村摸排疫情。儿子宋佳是咸丰县消防救援大队政治教导员，疫情防控以

来一直冲在前面，"父亲就是我学习的榜样"。

平安的讯息，就是战斗勋章。

1月23日至3月4日，武汉市医院、集中隔离点、医护人员住地、防疫物资生产企业、防疫物资储存场所等五类场所实现"零冒烟""零事故"。

群众的好评，就是最高荣誉。

消防员在医疗人员住宿点武汉弘毅大酒店外进行消杀作业（2020年3月1日摄）。新华社发（胡品 摄）

武汉市江汉区消防救援大队防火监督专班在江汉方舱医院检查消防设施，对消防软管卷盘进行测试（2020 年 2 月 23 日摄）。新华社发（何汉求 摄）

消防人员在汉阳方舱医院张贴消防宣传海报（2020 年 2 月 18 日摄）。新华社发（何汉求 摄）

　　"虽然看不到战士们的面孔，但看到防护服上的'消防'二字，就感到格外踏实、安心。"江汉方舱医院里，一位患者由衷感叹。

　　"消防队就在隔壁，我们是远亲不如近邻，患难见真情。"消防员们帮忙搬运物资后，武汉市汉阳区永丰街惠民苑社区书记李梦林连连点赞。

　　"小伙子，真是辛苦你们了，祝你们平安，全家幸福！"一位老大爷康复出院后，与帮助转运病员的消防员们彼此祝福。

　　党和人民的期许，就是消防救援队伍继续奋进的动力。

　　战"疫"有我，战"疫"必胜！

————中央广播电视总台央视————

岁末，安全生产如何过"关"？

·记者：孔茜 杨婷 毕浩云 等·

（节目导视）

解说：

68 天，两起煤矿安全事故，共导致 39 人遇难。

新闻播报：

重庆市在两个多月时间里，相继发生了松藻煤矿"9·27"重大火灾事故，吊水洞煤矿"12·4"重大事故，伤亡惨重，影响恶劣。

解说：

一个完全无视安全规程的低级错误，一个已经发现却又被忽视的安全隐患。

新闻播报：

要求各地严格执行预防煤矿事故的特别规定，严格开展督导检查和监管执法。

解说：

《新闻 1+1》今晚关注：岁末，安全生产如何过"关"？

主持人 沙晨：

晚上好观众朋友，欢迎收看正在直播的《新闻 1+1》。

今天节目我们要从三组数字说起。"9·27""12·4"和"39"，前两个数字是两起煤炭安全生产事故发生的日期，而"39"是这两起事故造成的死亡人数。怎么样遏制这种连发的事故的势头？怎么样把刚性的监管制度能够刚性的执行到位？今天节目我们来关注。首先我们要回到12月4日，我们看到这起事故是发生在重庆永川区的吊水洞煤矿。我们看这张图片，这图片是救援人员在井口的测量烟雾，测量的一氧化碳浓度，我们从直观的井口的这个烟雾浓度，就能够感受出来当时一氧化碳的这个浓度。那么根据调查这个事故是发生在停产关闭两个多月的吊水洞煤矿，有必要提一下这个停产关闭两个多月，正是因为"9·27"那起事故之后。而正是在停产关闭期间，企业自行拆除了井下设备，然后发生了一氧化碳超限的事故。刚才提到了"9·27"到"12·4"两个多月，连续发生两起煤炭重大安全事故。当然了，除了重庆在全国各地在这一段时间，有一些事故是时有发生，所以我们看到应急管理部这两天在紧急的开会发文件，要提示和提醒各地要加强监管。那为什么会有这样事故多发的这种势头？怎么去遏制？这个多发的势头说明了我们的监管制度，尤其是监管在执行层面还有哪些问题的存在呢？那么接下来我们就来具体来关注，首先要看一看重庆这起事故现在最新的进展，包括它调查的进展。

解说：

1人获救，23人遇难。重庆永川区吊水洞煤矿12月4日发生的安全生产事故，已经过去了4天。

总台央视记者 法绮：

目前事故原因正在进一步调查之中，地方政府也是在进行对于善后的相关处理，随后国家矿山安全监察局提级组织重庆市有关部门成立事故调查组。我们刚刚拿到了事故调查组接下来的几个工作重点，其中包括要查清吊水洞煤矿退出方案制定和批准情况，查清事故矿井和承包回收单位的基本情况，查清事故发生的真实情况，查清违规回撤设备和井下动火作业情况，以及查清政府和部门安全监管责任落实情况。

解说：

公开信息显示吊水洞煤矿1975年建成，后来转至为私营企业。永川区政府的通告说，今年 8 月 16 日，由于采矿许可证到期，事故发生时，事实上该煤矿处于关闭状态。

法绮：

这次的永川吊水洞煤矿是在两个月以前就处于一个关停的状态，那这次是企业私自召集人员下井拆除设备，发生了一氧化碳的超限事故，等于是把关停期间不准下井的禁令当成了耳旁风。

解说：

关停状态下，是否可以私自下井？拆除井下设备，是否需要专业人员操作？有媒体报道，此次遇难的大多数人是附近收废铁的老板找来的工人，究竟是不是这样？一系列疑问需要调查组最终的结论。而事发的吊水洞煤矿也并非第一次发生安全生产事故。

法绮：

这个重庆永川的吊水洞煤矿年生产能力是 12 万吨，这个煤矿其实之前也发生过人员死亡的事故，一个是 2012 年 6 月 4 日，煤矿井下发生了一起顶板事故，是 1 人死亡。2013 年就发生过一起硫化氢的气体中毒事故，当时是 3 死 2 伤。

解说：

正是由于这起严重的安全事故，12 月 6 日国务院安委办对重庆市人民政府进行了安全生产约谈，主要目的是深刻认识重庆市煤矿安全面临的严峻形势，分析事故多发、频发原因，采取有力措施，坚决遏制重特大事故。

新闻播报：

重庆市在两个多月时间里，相继发生了松藻煤矿"9·27"重大火灾事故，吊水洞煤矿"12·4"重大事故，伤亡惨重，影响恶劣。事故暴露出一些煤矿企业安全发展理念树的不牢，主体责任不落实，风险排查不全面，研判不科学，防控不精准，隐患排查治理不到位，安全基层薄弱，监管监察质量不高等问题。

解说：

约谈中涉及的另一起事故发生在今年 9 月 27 日，作为重庆五大国有煤矿之一

的綦江区松藻煤矿，因井下传输皮带起火，造成一氧化碳超限，最终造成 16 名矿工遇难。

法绮：

根据国家应急管理部等相关部门的一个披露，之前松藻煤矿"9·27"重大事故，它当时是由传输皮带起火引起的，那当时在矿上其实在提前已经得知这个皮带机存在着重大隐患的情况下，仍然没有停产调整。

沙晨：

我们来看这个"12·4"的重庆吊水洞煤矿的事故，现在已经查清了初步情况，最关键的就是这句话，在停产关闭期间，企业自行拆除井下设备，然后发生了一氧化碳的超限事故。那反过来大家就会有疑问，如果说这个停产关闭能够被严格的执行，这样重大的人员伤亡不就不会发生吗。但是现在问题就是这样的伤亡，现实发生了，那么在监管的环节到底是哪些环节出现了漏洞呢？出现了短板呢？接下来关于这起事故引发了什么样的教训和警示，我们要来连线一位专家。他是应急管理部安全生产监察专员李豪文。你好，李专员。

应急管理部安全生产监察专员 李豪文：

你好！

沙晨：

第一个问题，首先就针对这一起吊水洞的煤矿安全事故，目前是一个什么样的调查的级别，因为我们看到国务院的安委会包括应急管理部都有介入，这种重视说明了这个煤矿事故是一个什么样的性质，包括反映出的问题。

李豪文：

这起煤矿它不仅是重庆两个多月来发生的第二起重大煤矿事故，更是近 4 年来全国发生的重大煤矿事故当中，死亡人数最多的一次。所以在国务院安委会进行挂牌督办的基础上，由国家矿山安全监察局进行提级调查，严肃调查处理，严肃问责追责。

沙晨:

您提到了一个关键词叫提级调查,这说明了这个问题的严重性,也是警示大家通过这样一个煤矿事故反映出来的问题,要引起我们的高度重视。接下来我们就回到这个事故本身,刚才反复提到,这个事故其实一个关键就是它发生在停产关闭期间,按说不应该有人员下井,但是有人下去了。所以在您看来,从监管的角度说,这是一个什么样的漏洞?

李豪文:

企业违法违规在人为的设置回撤期,这本身就是一个很严重的问题。那么同时地方在这个矿上也派驻了住矿安全监管员。事实证明,这 20 天这期间煤矿的安全都处于空白期。这说明派驻的这个安监员应该在调查当中,问清楚他是怎样履行监管职责的,这里面是有问题的。

沙晨:

那么从您的角度,就从您专业的角度来看,这是一个什么样性质的错误,是一个很低级的错误吗?

李豪文:

是的。从事故发生来看确实是很低级,低级就低级在法律法规,地方的规定都很明显。如果能遵守了,不至于发生事故,更不至于发生这么大的事故。那么低级也反映了它问题的严重,并不是因为低级就不严重,反而更加说明了问题的严重性。我们有一些地方的监管部门在这个过程中是有失职行为的。

沙晨:

低级反而说明这个问题的严重性。我们再结合刚才提到不光是这个吊水洞煤矿。两个多月时间,重庆接连发生两起煤矿重大安全事故,而且之前企业提到了,其实隐患点已经提前发现了,但依然没有停下来停产整顿。所以您觉得这两起事故就从监管方面,给我们带来的教训是什么?

李豪文:

首先这个企业长期存在违法违规行为,屡禁不止,屡法不改,漠视法律法规,漠视职工的生命安全。那么企业它违法违规,我们地方的监管部门应该严格执法,

严格地进行查处。但是从发生的事故看，我们地方的监管部门没有履职到位。那么是不是说这样的煤矿就管不到？就查不到？那么它在这个矿当中我们也看到一个问题，重庆一共就 35 座煤矿，其中 26 座是在关闭的过程中。如果市县这两级安全监管部门，能把这几个矿作为重点来监管，精准监管，严格监管，不至于发生这样的问题。

沙晨：

就是用人盯矿这种最原始的办法，也能够盯住，您的意思是，所以这不是一个监管能力不足的问题，那是一个什么样的问题？

李豪文：

是的。这是一个责任心的问题。那么为什么派驻煤矿的安监员对这样明显的问题发现不了，或者发现不了他不报告，背后的原因是什么呢？那当然需要事故调查来进一步查清。那么从初步的分析来看，我们一些地方的驻矿安监员，他的工资收入是由地方来发。这本来就存在了一个利益的链条，他怎么能让安监员踏踏实实地、老老实实地去监督煤矿呢？我想这是一个制度的调整，应该进行完善。使驻矿安监员处于一个客观、公正的立场上，严格地进行安全监督，发现重大问题、违规问题，及时地向地方安全监管主管部门报告。

沙晨：

通过制度的调整，让这个驻矿的安检员他这一关不能够那么轻易地被突破。接下来到了年终岁末，我们看到现在这种安全生产的形势，您最想提醒的是什么？

李豪文：

每年这个时候都是安全生产的关键期，今年更有它的特殊性。特殊性特殊在哪里呢？我感觉一是今年一些地方因为疫情，而减少了一些经济损失，到年底的时候可能急于弥补回来，在这个时候更容易产生超强度、超能力生产、违法违规生产这种可能性增大。第二个方面，到了年底了，抢任务，赶工期，这方面的问题也较为突出。第三个方面，今年到四季度以来，这个能源价格、原材料价格大幅度上涨，有的甚至创出了历史水平，那么就可能带来上下游的产业它的价格忽高忽低，那么在对一些企业的生产经营，也必将造成了断断续续、停停开开，甚至在有风险隐患没有查清、没有治疗的情况下进行生产，这方面的风险就会进一步加大。

沙晨：

应该说这也给我们带来了监管方面带来了新的难题。李专员，稍后我们再继续联系您，有更多的问题来请教您。刚才就像李专员说到的，每年到了这个时候，年终岁末，一方面本来就在赶进度，而且今年情况更加特殊，因为前面大半年因为疫情被耽搁了，所以大家可能更要把失去的时间抢回来，这样我们的安全生产形势就更加的严峻。接下来这一关怎么过呢？年终岁末的这个安全生产这一关，这一年的这一关怎么过？继续来看。

解说：

12月6日，一场事关安全生产的紧急会议召开，今天这场会议的消息仍然挂在应急管理部首页显著位置。一个背景是除了重庆两个月两起煤矿事故之外，11月29日湖南耒阳也发生了煤矿透水事故。媒体报道，截至昨天，该事故有13名矿工被困井下生死未卜。为此，应急管理部12月6日的这场紧急会议，就是为了查找存在的突出问题，安排部署岁末年初煤矿等重点行业领域安全防范工作。

新闻播报：

要求各地严格执行预防煤矿事故的特别规定，严格开展督导检查和监管执法。

解说：

除了煤矿，今天应急管理部发文又强调了化工生产安全，并公布了一批化工和危险化学品生产安全事故典型案例，一共8起，全部发生在2020年。

其中，2月发生在辽宁葫芦岛的一起爆炸事故，导致5人死亡，10人受伤。按照通报，这起事故是由于操作人员未对物料进行复核确认，错误的投放物料，而导致分解爆炸。

事实上，一进入冬季，查看应急管理部官网与安全生产相关的新闻就会明显增加。比如12月2日应急管理部通报12月全国安全生产风险形势，第一句话就写道，"临近年底生产经营建设活动频繁，企业抢工期、赶进度、增效益意愿强烈，加之低温雨雪冰冻恶劣天气增多，安全生产形势严峻复杂。"而这样的情况在今年10月相关

负责人就已经提出警示。

（电话连线）应急管理部安全生产综合协调司司长 苏洁：

疫情前期的生产生活，包括建设，在 1 月到 3 月疫情的时候都停滞，到 4 月开始恢复，那么各类的生产经营建设活动，到目前四季度也进入了一个高峰期。进入到高峰期以后，加上很多企业生产经营比较困难，在安全投入方面，在设备维修的检查维修方面（不足），那一般来讲，目前也是生产经营活动赶工期、抢进度这样的情况，客观上还是比较普遍的存在。

解说：

事实上，在全国煤矿安全生产工作紧急视频会议召开之后，各地先后紧急开会，部署排查和整治。而这一段时间，不少地方也在对危化品的重大安全风险装置进行拆除。上个月底，江苏泰州就拆除了一家企业的危化品生产装置。因为设备已经使用 15 年，加之毗邻繁华市区，因此存在重大隐患。

沙晨：

每年到了这个年终岁末，就是我们要重点防范安全事故的发生，为什么在这个时候重点防范？是数据告诉我们的。我们来看看应急管理部公布的近五年 12 月份一共发生重特大事故是 14 起，集中在煤矿、非煤矿山、化工、烟花爆竹等等，其中工矿商贸领域的事故占比最高。另外 1—11 月全国共发生化工事故 127 起，死亡 157 人，同比有下降安全生产形势保持稳定，但依然应急管理部要提醒大家严格落实，严防第一个就是煤矿领域的瓦斯事故，包括化工、烟花爆竹等等。那接下来我们继续要来连线应急管理部的安全生产监察专员李豪文。李专员，刚才您提到就是这几起安全生产事故的初步原因查明之后，您觉得从专业角度看是很低级的，一个是责任心的问题，另外一个也需要从监管制度上做一些调整。其实也面临这样的问题，就是这个监管的压力的传导的过程当中怎么去解决不可避免的，现在出现的层层有衰减的情况出现，怎么去面对？

李豪文：

层层解决衰减的问题，是我们安全生产和安全监管继续要解决的一个问题，因为好多制度法规它不是不全，关键是没有严格的执行好，导致一些企业连续不断的事故发生。那么解决衰减的问题我感觉最关键的一点，首先要强化安全生产的发展理念，使人民至上、生命至上这个理念深深地烙在每一级党委政府监管部门的心中。在这个基础之上、在行动上、在执法上、在监督检查上、在风险的管控上、隐患的排查治理上，各个环节、各个链条拧紧压实，使风险得到有效的管控，隐患得到有效的治理，安全生产形势得到进一步好转。

沙晨：

李专员您刚才也提到了年终岁末本来就是赶工期，再加上今年疫情的特殊背景，大家赶工期，要赶进度，要加一个更字。这个背景之下，您觉得我们监管面临着这种新的挑战，然后应对是什么？

李豪文：

首先还是要严执法，比如说在煤矿这方面，2005 年国务院就印发了 446 号令，2013 年又进一步做了修改。之所以是特别规定，里面有好多是特殊的要求，那么在执法上就需要特别的严格，对重大的风险隐患坚决不能放过。近日，新修订的《安全生产法》已经通过国务院常务会议研究原则通过，那么下一步在执法上，也要进一步完善有关相关配套的法规、制度、标准，加大违法成本。

沙晨：

其实这个时候对特别规定、特别严格的执行是一个保护，就是让原来试图赶工期挽回损失，不会让它造成更大的损失。另外李专员就是我们刚才也提到了，现在煤矿，包括其他的安全生产领域监管的问题，监管首先面对一个监管力量、监管人手的问题，您刚才说到其实从重庆来说不是监管力量不够，那从全国来说呢？

李豪文：

是的。像重庆这样一个情况，通过事故暴露出来一些地方安全监管力量确实有点削弱。为什么在安全生产要求这么严格严厉的情况下，一些地方的安全监管力量会削弱呢？关键的一点，地方只看到了它自己的事故在不断地下降，没有看到全国的事故都在下降，更没有看到其他地区下降的幅度更大，所以感觉我没事了，我安全监管的力量可以不用这么多了，那么这个问题在全国比较普遍。我们做了一个统计，近一两年全国地方的煤矿安全监管人员减少了 3600 人，这是一个什么概念？相当于

我们国家安全监察人员的两倍，这应该引起有关方面的重视，同时也要看到今年中办国办印发了《应急管理综合行政执法改革的意见》，中央明确提出在改革的过程中，安全生产、监管执法只能加强，不能削弱。我感觉我们应该把思想统一到中央的要求上来，把人的生命真正的摆到第一位。从监管的力量上、执法的机制上，进一步研究、完善、强化监管的效能。

沙晨：

好，非常感谢李专员给我们带来的解读。还是那句话，刚性的监管制度一定要被刚性的执行到位。

——中央广播电视总台央视——

《公平正义新时代》紧急救援

·记者：张颖 赵初 郭震宇 等·

针对广大读者关心的复工复产中的安全生产问题，应急管理部相关负责人表示——

拧紧责任螺丝 确保复工安全

·记者：张洋 倪弋·

近日，本报"关注复工复产中的安全生产问题"系列报道，引起读者广泛共鸣，又有各地读者来信，纷纷提出意见建议。为进一步回应读者关切，应急管理部相关负责人就当前复工复产过程中安全生产方面的重点难点问题接受了本报记者的采访。

安全生产形势总体保持稳定态势
"三叠加"特征需要高度警惕

问：据报道，去年我国安全生产实现"三个继续下降"，但仍有不少读者来信反映身边的问题，认为风险隐患较多。请您谈谈当前的安全生产形势。

答：2019年是应急管理部门组建到位后全面履职的第一年，全国安全生产形势总体保持稳定态势，事故起数、较大事故、重特大事故起数分别下降18.3%、10.2%和5.3%，实现"三个继续下降"。同时也要注意，我国安全生产仍处于爬坡过坎期，安全生产形势严峻复杂，呈现"三叠加"特征。

从经济社会发展阶段看，我国仍处在灾害事故易发多发期，灾害事故隐患多与

关注复工复产中的安全生产问题（下）

图①：湖南嘉禾县经济开发区项目建设施工现场，工人点焊接桩基钢筋笼。黄春涛摄（人民视觉）
图②：江苏南通市，中石化江苏南通江海油库码头卸车成品油现场。王俊荣摄（人民视觉）
图③：湖北荆州市，一名工人正对生产线进行消割油漆修作业。黄志刚摄（人民视觉）

制图：张芳曼

抗灾设防标准低、本质安全水平低叠加；

从城镇化发展的进程看，经济人口布局不合理，灾害事故的直接损失和衍生影响、放大效应叠加；

从当前面临的重点风险领域看，历史积累的矛盾和新业态新风险叠加。全国危化品安全形势异常严峻，煤矿与非煤矿山、尾矿库、海洋油气开发等行业领域安全风险仍然突出，一些煤矿还存在超能力生产现象，极易导致矿井采掘接续失调、施工组织混乱、多头多面生产等重大安全风险。消防安全方面高危场所数量庞大，存在诸多火灾隐患。

2019 年以来还有些多年未发生重大事故的行业领域事故重发，新产业、新技术、新材料、新业态也带来新风险。这些都需要高度警惕。

复工复产期间风险隐患多
严格防范带病运行酿事故

问：当前，个别地方发生了安全事故。不少读者给予关注，有所担忧。请问目前主要存在哪些值得注意的隐患和问题？

答：复工复产面临许多前所未有的新情况、新挑战。首先，一些企业停产停业带来新问题，如危化品储存罐得不到及时补充和输出，突破安全阈值，一些企业设施设备停转停用过久，出现破损老化等事故隐患，还有一些报警装置缺乏保养，起不到报警作用。

其次，集中复工复产容易高度聚集安全风险，一些企业开足马力，超强度加班、

超强度作业，甚至违法违规抢工期、抢进度，导致安全生产的制约因素比平时更多、风险更大。

最后，安全风险隐患长时间积累的问题也不容忽视。受之前停工停产影响，不少员工难以及时到岗，特别是技术保障、安全管理等一些重要岗位人员缺位，安全操作不熟练，这些都容易滋生安全隐患。

近日，国务院安委会办公室、应急管理部发出通知，就加强疫情防控常态化条件下安全生产工作作出一系列部署。其中明确要求，各地区要坚决扛起"促一方发展、保一方平安"的政治责任，树牢安全发展理念，切实加强安全管理，统一组织开展安全生产执法检查，对存在重大风险、不符合安全生产条件的必须严格严密守牢关口，严防带病运行酿成事故。

疫情防控和复工复产中，各级应急管理部门和消防救援队伍组织了 8.5 万多个安全指导组，为涉疫场所和各类生产经营单位开展"点对点"安全指导服务，排查整改问题隐患 300 多万项，网上快速办理各类行政审批 2.5 万多件，顺延到期各类证件8000 多个。

优化营商环境不能放松安全监管
三年行动力争消除一批重大隐患

问："安全第一、生命至上"早已是社会共识，但仍有一些事故发生。请问当前安全生产工作中还存在哪些短板和不足？一系列事故是否暴露出一些地方在安全监管上还存在形式主义、官僚主义？

答：当前，一些地区、部门和企业在思想认识上还没有真正到位，重发展轻安全的惯性思维尚未真正扭转，生命至上、安全第一的发展理念还没在头脑中扎根落地，在狠抓责任措施落实上还有不小差距，安全管理基础仍很薄弱，重大问题隐患不容忽视，安全生产形势依然严峻复杂。

做好安全生产工作，要深入贯彻落实习近平总书记关于安全生产重要论述，将其作为我们开展工作的根本遵循和行动指南，牢固树立生命至上、安全第一的发展理念，全面提升本质安全水平，切实保障人民群众生命财产安全。

做好安全生产工作，涉及方方面面，如用好信息化手段、筑牢人民防线、强化源头治理、强化重点管控。其中，全面落实责任制是抓好应急管理特别是安全生产工作的"牛鼻子"。

一是推动落实党委和政府的领导责任，严格落实"党政同责、一岗双责、齐抓共管、失职追责"的总要求，扛起"促一方发展、保一方平安"的政治责任。

二是发挥好应急管理部门的综合职能，敢于协调、敢于监管、敢于问责，推动落实部门安全监管"三个必须"（管行业必须管安全、管业务必须管安全、管生产经营必须管安全）责任。

三是推动落实企业主体责任。企业主体责任不落实是长期没有得到有效解决的问题，各地还要进一步加大创新力度，让企业既感到安全责任重大，又感到监管得当、环境良好。其中，要创新执法，按照安全管理基础条件和风险等级，区别好中差企业，实行分级分类精准执法，防止"一刀切"；要严格执法，对违法违规行为坚决处理，对严重失信企业纳入"黑名单"，不能以优化营商环境为名放松监管，切实解决监管执法宽松软问题；还要完善安全生产标准化推进制度，开展企业安全生产费用提取使用专项检查，推动企业加大安全投入。

为从根本上消除事故隐患，国务院安委会日前印发《全国安全生产专项整治三年行动计划》，在全国部署开展安全生产专项整治三年行动，包括专项整治三年行动计划总方案和 11 个专项实施方案，分别是"学习宣传贯彻习近平总书记关于安全生产重要论述""落实企业安全生产主体责任"两个专题，危险化学品、煤矿、非煤矿山、消防、道路运输、交通运输（民航、铁路、邮政、水上和城市轨道交通）和渔业船舶、城市建设、工业园区等功能区、危险废物等安全整治 9 个专项，专项整治三年行动从 2020 年 4 月启动至 2022 年 12 月结束，力争实现切实消除一批重大隐患、形成一批制度成果，建立健全公共安全隐患排查和安全预防控制体系，扎实推进安全生产治理体系和治理能力现代化，实现事故总量和较大事故持续下降，重特大事故有效遏制，全国安全生产整体水平明显提高。该《行动计划》对专项整治行动做出了具体部署安排，并提出严格问效问责，加强督促检查，对整治工作不负责、

不作为，逾期没有完成目标任务的，坚决问责。

部署开展野外火源专项治理行动
坚决遏制森林草原火灾发生

问：近期，四川、云南等地森林火灾多发，社会广泛关注。其中暴露出哪些问题？如何提升灾害防控和应急处置能力？

答：春季历来是我国森林草原防火工作的关键时期，近 5 年来七成以上的重特大火灾都发生在春季。跟去年同期相比，今年 3 月火灾次数减少 34.2%，与前 5 年同期均值相比，火灾次数减少了 48.6%。清明节假期，应急管理部共接报处置了森林草原火灾 13 起，跟去年同期相比减少了 83%。究其原因，除了受疫情影响人们外出活动大量减少，一定程度上减轻了人为火灾的压力，另一方面国家森防指和各地都采取了一系列针对性的防灭火措施。总的看，机构改革后国家森林草原防灭火的体制机制优势进一步显现，齐抓共管的工作合力不断增强。

但也要清醒地看到，工作中仍然存在火源管控难度大、专业力量不足、基础设施薄弱等诸多困难，特别是近期一些省份连续发生森林火灾，暴露出部分地区防灭火体制机制不顺，责任没有压紧压实、工作存在盲区死角、火灾处置不够科学有效等诸多问题。随着疫情防控进入常态化，林区牧区的农事用火、民俗用火、生产生活用火明显增加，野外火源管控的压力增加，防灭火的形势日趋严峻。

当前，统筹推进疫情防控和森林草原防灭火工作，推动火灾防控各项工作落实落地，要着力强化工作部署、监测预警、应急处置、指导督导、扑火安全。从 3 月 15 日起，国家森林草原防灭火指挥部办公室在全国范围内开展为期 3 个月的野外火源专项治理行动。截至 4 月份，已累计排查整治隐患 5.2 万多处，出动警力 6.6 万多人次。

——中央广播电视总台央视——

极度危险！清明临近
防范林火 你我有责

·记者：熊晓晨·

- 01 -
山西 四川 云南等多地集中爆发森林火灾

【导语】

　　清明临近，祭祀、踏青时，您会不会注意森林防火呢？当前部分地区的森林火险等级已经处于极度危险级别，可以说森林防火的形势十分严峻。应急管理部最新数据显示，截至今晚（4月3日）7点，全国仍然有9起林火尚未扑灭。3月28日，四川凉山州木里县发生森林火灾，山火迅速蔓延，目前过火面积已经达到260公顷，山火仍然未有扑灭。（接短片）

【正文】

　　3月28日19时30分，四川凉山州木里县的两个村庄交界处发生森林火灾，最初过火面积约15公顷，两天后扩大至15倍，截至目前，大火仍未扑灭。

3月30日16时许，90公里外的西昌泸山发生森林火灾，由于风势较大，山火迅速蔓延，分出两条火线，直接威胁西昌城区的安全。为扑灭大火，19名地方扑火人员牺牲。

而就在去年（2019年）的3月30日，四川凉山州木里县境内发生的森林火灾，造成31人死亡，其中27人是森林消防员，4人是地方扑火人员。

凉山两次大火都发生在3月末，是偶然，但也是一个需要高度警惕的信号。3月以来，山西、四川、云南等地密集发生多起森林火灾，其中，山西榆社县、忻州市五台山风景区发生的2起森林火灾，火场扑救力量达到6000余人，出动灭火飞机10余架，应急管理部派出现场工作组，科学调度，精准指挥，最终将明火全部扑灭。

【同期】应急管理部火灾防治管理司副司长 王金海

我们综合运用了多种现代化灭火手段，像风水结合、空地配合、化学灭火等，对尽快扑灭明火发挥了很大作用。

- 02-
近期川西高原山火频发 为什么？

【口播】

同样的时间，同样的山火，是偶然，但也是一个值得警惕的信号。研究显示，2月到4月是四川林火的高发季节，高发区域主要位于川西高原的甘孜州南部、凉山州和攀枝花市境内。从气候条件来看，在当前这一时期内，这些区域是四川省内气温最高、降水最少的地方。

事实上，不仅仅在四川，数据显示，近5年来7成以上重特大火灾都发生在现在这一时期。今年形势更为严峻：从气候条件来看，春防前中期，西南林区高温干旱天气较多，中后期东北、内蒙古林区容易出现高温大风天气；从物候条件看，大小兴安岭和长白山、滇北、川西等重点林区，可燃物载量已经远超引发重特大森林草原火灾临界值。应急管理部表示，当前，四川南部、云南北部的局部地区的森林火险等级已经达到极度危险级别。

不利的自然条件，让四川、云南等地的防火局势日渐严峻。然而近一时期，北京、山西、河北等地，也发生了多起山火。应急管理部研判，预计今天（4月3日）到6日，北京北部、河北北部和西南部、山西东南部的部分地区森林火险等级将一直维持在高度危险级别。可以说当前已经进入防火形势关键期，这又是为什么呢？（接短片）

- 03 -

防山火进入关键期 为何当前极度危险？

【正文】

【同期】应急管理部应急指挥专员 周俊亮

据预测，全国大部分地区近期仍将持续少雨、风干物燥，主要林区的森林防灭火形势仍然是非常严峻。主要是几个因素造成的，一是今年我国春夏季整体气候形势不利，高温、干旱、大风、雷暴等极端天气很频繁，林区可燃物载量也在不断增大，东北、华北、西南等地已经具备发生重特大森林火灾的条件。另外，清明、"五一"假期，前期被抑制、冻结的旅游活动可能集中释放，进山入林出游的人员将会大幅增加，野外火源的管控面临考验。

【正文】

当前部分林区火险等级进入极度危险级别，不仅仅是因为自然条件已经处于临界状态，消防人力覆盖也面临重要挑战。

【同期】应急管理部应急指挥专员 周俊亮

当前，国家森林消防队伍还没有做到全覆盖，一些地方专业灭火力量不足，重点地区缺少大型灭火装备，森林航空消防直升机还远远不能满足扑火需求，林区道路、隔离带、取水点等基础设施比较薄弱，火灾综合防控能力有待进一步提高。还有就是基层一些地方，部门衔接、业务运行、协调配合等工作机制和预案体系有待进一步完善。

- 04-

山火频发 人为因素难辞其咎

【口播】

除了春季不利的自然条件，更值得注意的是人为因素。根据应急管理部的数据显示，2010—2019 年，在已查明火因的森林草原火灾中，由人为原因引发的占 97% 以上，位列前四的分别是祭祀用火、农事用火、野外吸烟、炼山造林。

从当前的疫情防控形势看，随着防控形势进一步好转，林牧区农事用火、民俗用火、生活用火将会明显增加，节假日群众进山旅游踏青人员逐渐增加，防灭火形势变得更加严峻。（接短片）

- 05-

人为因素成山火主因 出游祭扫请勿野外用火

【正文】

近期火灾的发生，虽有极端天气事件增多等客观因素，但绝大多数是人为原因引发。比较典型的火灾有：

山西省晋中市榆社县 3 月 17 日 11 时 30 分因祭祀用火引发森林火灾，明火于 24 日凌晨 4 时全部扑灭，初步估算过火面积达 2000 余公顷。

山东省烟台市牟平区 3 月 17 日 15 时 40 分因村民野外吸烟引发森林火灾，于 18 日 17 时扑灭，过火面积 60 余公顷。

湖北省宜昌市长阳县 3 月 19 日 14 时 50 分因农事用火引发森林火灾，于当日扑灭，造成 2 名肇事者死亡。

【同期】应急管理部应急指挥专员 周俊亮

　　清明节历来是森林草原火灾的多发时节，为了避免引发森林草原火灾，请广大城乡居民出游、祭扫时不要在林区、野外用火，也不要随意烧秸秆、燎地边。一旦发现火情，要及时向有关部门报告，请专业扑火队伍处置，不要盲目进行扑救。另外也倡议大家，采用鲜花、植树、家庭"追思会"等新的祭扫方式寄托对亲人的哀思。总之，让我们共同努力，摒除陈规陋习，共同维护好生态安全。

光明日报

复工复产需严把安全生产关

·记者：姚亚奇·

随着新冠肺炎疫情防控形势向好，春耕生产、企业复工复产的脚步日益加快。然而，许多企业在抢工时、补损失的心态下，安全生产意识松懈，隐患排查处理不及时，安全责任落实不到位，为安全生产带来风险。

当前，我国大部分地区也陆续进入春季防火期，加之清明节临近，林牧区农事用火、民俗用火、生活用火明显增加，进山旅游踏青人员激增，森林草原防灭火形势日趋严峻。为应对各类风险，各地正在筑起安全防线。

当前发生多起森林火灾，多是人为引发

3月30日15时，四川西昌泸山发生森林火灾。当日20时20分，宁南县宁远镇专业扑火队21名队员驰援西昌泸山火场，在当地一名向导带领下从蔡家沟水库上山前往集结地进行扑火作业。

由于遭遇风向突变，现场情况十分复杂，18名扑火队员和1名向导牺牲，3名扑火队员负伤。截至目前，四川省凉山彝族自治州西昌森林火灾过火面积1000余公顷，毁坏面积80余公顷。四川森林消防总队360余名指战员、四川消防救援总队从14个支队调派的850余名指战员正在一线展开扑救。

山西省晋中市榆社县3月17日因祭祀用火引发森林火灾、湖北省宜昌市长阳县3月19日因烧荒引发森林火灾、贵州省黔南州罗甸县3月21日发生森林火灾……

仅 3 月 17 日至 24 日一周时间,国家森林草原防灭火指挥部办公室共接报处置森林火灾 56 起,因灾死亡 5 人。

应急管理部有关负责人指出,目前发生的森林火灾绝大多数是人为原因引发,要严格火源管理,加强执法检查,认真做好火灾调查工作,坚决遏制火灾高发势头。

应急管理部党组书记黄明表示,对正在扑救的森林火灾,要成立强有力的前线指挥部,建立科学的指挥体系和指挥机制;制定极端情况下的应对预案;组织足够的专业力量扑救,强化作业指挥、地空联动和部门联动,提高灭火的安全性和效率。

当前灾害事故多发、形势严峻复杂,应急管理部要求各地区各有关部门深入排查火灾、泥石流、安全生产等各类隐患,落实安全防范工作,防范化解重大风险。

各地严格监管,排查各类安全隐患

近日,全国各地发生多起居民住宅类"小火亡人"事故,其中许多事故发生在临街经营的门店。在贵州省黔东南州天柱县,一家经营家电的临街门面发生火灾,造成 9 人死亡;在江西上饶市鄱阳县,一沿街店铺发生火灾,过火面积约 40 平方米,造成 3 人死亡。

除火灾事故外,3 月 30 日,济南至广州的 T179 次列车在行驶至湖南郴州永兴县境内时,因附近山体滑坡,撞上塌方体,导致脱轨。截至目前,事故已造成 1 人死亡,4 人重伤,123 人轻伤。

当前,正值各行各业稳步有序恢复生产的关键时期,各类安全隐患也浮出水面。3 月份以来,多地发生火灾、交通事故,造成多人死伤,暴露出安全意识不足、安全生产仍存薄弱环节等问题。

化解各类安全风险,成为保障企业安全有序复工复产的关键一环。连日来,全国各级应急管理部门及各地消防部门,积极组织线下检查监管和指导服务。

湖北黄石成立消防安全技术服务队,以"1 名监督员 +1 名维保员"的形式,重点帮助企业解决无法自行消除的消防设施设备故障、消防器材失效等安全隐患,及时化解消防安全风险。

在福建省,危险化学品、非煤矿山、煤矿、交通运输、建筑、工贸等 6 组安全

生产服务"小分队"到基层、企业一线开展安全生产志愿服务工作。

据统计，全国各级应急管理部门共现场抽查检查各类生产经营单位近41万家次，排查各类隐患问题118万余项，督促完成整改113万余项，整改率95.7%。

依托远程技术，加强实时在线监测预警

在防控新冠肺炎疫情的特殊情况下，各地应急管理部门变通工作方式，除现场检查外，还采取了远程监控、线上监测等方式，为复工复产企业提供安全生产服务指导。

广东省依托危险化学品安全风险监测预警系统、尾矿库"天眼地眼"安全风险预警预测系统和隐患排查整治信息系统建设，加强实时在线监测预警。

江西省以远程技术服务等方式，组织11家安全生产技术服务机构分区域为复工复产企业提供风险隐患排查相关服务。

目前，通过线上监测、网上巡查等方式，全国各级应急管理部门共巡查各类生产经营单位2万余家次，排查各类隐患问题3万余项，督促完成整改2.7万余项，整改率达86.6%。

此外，各地积极创新培训方式和培训内容，组织专家和专业监管人员对企业重点岗位人员、新录用人员进行免费线上安全培训。

在上海，全市相关企业复工复产前，可以通过3家安全生产网络学习平台，接受免费安全培训教育。

在广东，近4000余名执法人员走进网络直播间，指导各市利用"学习强安""线上培训"等平台，强化复工复产安全宣传和员工培训。

—— 经济日报 ——

莫让"不留心"成安全生产"杀手"

·记者：常理·

安全生产是企业发展的前提和保证。近期发生的一些触目惊心的生产事故再次提醒我们，企业生产特别是对于危化品生产经营企业来说，提升安全意识刻不容缓。安全生产责任一定要落实到每家企业、每位员工、每个岗位、每个环节、每个角落，任何麻痹思想、侥幸心理、松懈心态都要不得。安全生产非一日之功，要建立安全生产长效机制，努力保障人民群众生命财产安全。

化工业是国民经济的重要基础性、支柱性产业。2018 年全国化工总产值约占世界的 40%，全国危险化学品生产经营单位达 21 万家。同时，化工业又属于高危行业，各种危化品的生产、运输、储存过程复杂多样，任何一个细微差错、疏忽都有可能酿成大祸。2020 年 1 月至 11 月，我国共发生化工事故 127 起、死亡 157 人，危化品重大安全风险防控任务依然艰巨。

日前，应急管理部集中公布了一批化工和危险化学品生产安全事故典型案例，这些事故触目惊心。一线工人操作不当，企业安全生产意识淡薄、生产流程不规范不科学，是造成事故发生最主要也是最直接的原因。比如，辽宁葫芦岛辽宁先达农业科学有限公司"2·11"爆炸事故，其原因是烯草酮工段操作人员未对物料复核确认、错误地将丙酰三酮加入到氯代胺储罐内，导致两种化学物质发生反应，引发爆炸。

以往的经验教训表明，就是这样一次次不经意、不留心，成了安全生产的最大"杀手"。对于我国数量庞大的危化品生产经营企业来说，提升安全意识刻不容缓。因此，

安全生产责任一定要落实到每家企业、每位员工、每个岗位、每个环节、每个角落，任何麻痹思想、侥幸心理、松懈心态都要不得。

本质安全是预防事故的根本。所谓本质安全，是指通过设计等手段，使生产设备或生产系统本身具有安全性，即使在误操作或发生故障的情况下，也不会造成事故。应当看到，我国本质安全水平还不够高，在危险工艺、危险岗位、危险区域内人员流动较多，一旦发生事故，很容易造成群死群伤。据此，化工行业应加快技术升级改造，逐步实现在危险岗位用机器替代人，在高风险区域用自动化把人员数量减下来，从而提高全行业的本质安全水平。

国务院安委会前不久发布的《全国安全生产专项整治三年行动计划》提出，要积极推广应用泄漏检测、化工过程安全管理等先进技术方法，2022 年底前所有涉及硝化、氯化、氟化、重氮化、过程氧化工艺装置的上下游配套装置必须实现自动化控制。这将为化工行业安全发展提供有力保障。

特别需要注意的是，化工园区是危险化学品产业的重要载体，截至 2019 年底，我国共有 676 家化工园区。化工园区的优势在于方便了产业链上下游企业生产运营，但其危险性更是显而易见。如果园区缺乏统一、科学的整体规划，企业对安全生产的重视程度不高，有关部门监管不严，那么诸多危化品厂就好比一个个定时炸弹，引发多米诺骨牌效应，江苏响水"3·21"事故就是最大的教训。

因此，必须对化工园区科学合理统一布局，明确园区的准入条件并严格执行，加强对园区风险的全面评估，风险隐患要及时排查处理。同时，加强园区智能化建设，建立全方位无死角监控体系，一旦有企业出现异常生产状况，能够第一时间做出反应，及时救援应急，保证将事故遏制在萌发阶段。

安全生产非一日之功。要不断汲取各类事故的深刻教训，牢固树立生产和发展绝不能以牺牲人的生命作为代价这一理念，建立安全生产长效机制，努力保障人民群众的生命财产安全。

中央广播电视总台央视

全国各地开展"安全生产月"活动

·作者：崔世杰·

（2020 年）6 月是第 19 个全国"安全生产月"，连日来全国各地围绕消除事故隐患筑牢安全防线主题，线上线下相结合广泛深入地开展"安全生产月"各项活动。北京通过多个新媒体平台打造一个主会场＋四个分会场＋安全云咨询宣传格局。河北、西藏、广西柳州召开新闻发布会开展"安全同行""农村大喇叭""安全之声""安全进万家 幸福你我他"等活动。广东佛山、山东龙口、吉林消防救援总队、湖北各地、浙江、江西等地也都采用各种宣传形式，对企业、学校、政府网站等进行安全教育活动。

——— 中新社 ———

中国应急管理部全面履职
"破立之间"守护"生命至上"

·作者：张子扬·

一年累计组织灾害事故视频会商 293 次，中国应急管理部指挥中心的视频会议室近乎超负荷运转，是中国所有部委中，最繁忙的之一。

据指挥中心的工作人员形容，24 小时值班制度建立以来，他们几乎将"家"搬进了值班室。"这样大大节省了往返家与部里的时间，但身体的'卡路里'却上升了。""时刻都要绷着一根弦，每次听到办公室的座机响了，就会有种莫名的'紧张'，随时准备进入'作战'状态。"

一位应急管理部的工作人员同样告诉中新社记者，"压力大、紧张的情绪几乎时时附着在身体上。一旦哪里发生事故或者灾难，即便是半夜，手机一响，他知道，马上动身去办公室或者灾害事故现场，再正常不过了。"

如果说普通工作人员的繁忙体现在微观层面，而作为应急管理部党组书记黄明的繁忙，则贯穿于从上至下的"全局"。

"应急管理工作时刻保持'应急'状态。由部领导带头，每天 24 小时轮流在岗值守，一旦遇到突发重特大安全事故或自然灾害，第一时间做出响应。"黄明说，"我们深刻认识到应急管理是国家治理体系和治理能力的重要组成部分、承担着重要职责、担负着重要使命，必须以强烈的政治担当、历史担当、责任担当，积极推进应急管理体系和能力现代化，有力防范化解重大安全风险，及时应对处置各类灾害事故，保护人民群众生命财产安全和维护社会稳定。"

应急管理部于 2018 年 4 月 16 日正式挂牌。这是中国当年新一轮机构改革中，一个具有典型性的多部门组合——将 11 个部门的 13 项职责进行整合和优化，全面刷新事故灾害应急管理的格局。

2019 年，作为应急管理部组建到位后全面履职第一年，在厘清内部各司局、各辖属单位职责，形成整体工作能力后，防范化解重大安全风险、全力以赴开展抢险救援救灾、整体推进应急救援能力建设、全面提升综合应急保障水平等几方面"工程"全面启动。"破立之间"，守护"生命至上"，成为这个年轻部委重要的使命。

"组建应急管理部，整合各方面资源和力量加强应急管理，是全新的事业。只靠老经验、老办法、老思路，很难适应新时代应急管理工作需要。"在黄明看来，破与立，就在于需用改革"开路"。必须坚持依靠改革破解难题。把总体谋划、顶层设计摆在突出位置，夯基垒台、立柱架梁，解决体制性障碍、机制性梗阻，推动政策性创新，运用制度威力应对风险挑战；必须以系统性思维防范化解重大风险。突出改革的系统性、整体性、协同性，统筹解决应急管理认知、制度和能力短板，以大概率思维应对小概率事件，把制度优势转化为治理效能。

一年来，应急管理部累计组织灾害事故视频会商 293 次，启动重特大灾害事故响应 58 次，派出工作组 383 个；国家综合性消防救援队伍全年共出动指战员 1311.9 万人次，营救遇险民众 15.8 万人、疏散 49.7 万人，抢救保护财产价值 242.2 亿元人民币。全年自然灾害因灾死亡失踪人口、倒塌房屋数量、直接经济损失占 GDP 比重较近 5 年均值下降 25%、57% 和 24%。

在履行"防与救"的使命之外，应急管理部亦被外界看作是最"不留情面"的机构。一年来，他们组织对 1474 处高风险煤矿开展"体检"式重点监察，对 38 处采深超千米矿井进行安全论证，关闭 1000 处以上不具备安全生产条件非煤矿山（含尾矿库）；推行企业安全生产承诺制，将 70 多家企业纳入安全生产联合惩戒"黑名单"管理；严肃约谈 17 个地方政府和 2 家中央企业负责人，向对方提出要"深刻汲取事故教训"，"反思'促一方发展，保一方平安'的政治责任是否得到落实""反思企业主体责任不落实、蓄意违法违规行为屡禁不止等问题"等。

有专家指出，一个新成立的特殊部门，在全年 365 天、每天 24 小时都应急值守，随时可能面对极端情况和生死考验的背景下，一方面要迅速提升救援能力、为人民安危守候，另一方面还要对违规企业不留情面、防范重大风险。对人民的安全负责，是肩负的使命，亦是对国家的忠诚与担当。

值得注意的是，2019 年 11 月末，中共中央政治局就中国应急管理体系和能力建设进行第十九次集体学习，内容涉及"四个精准""防与救""改革"等多个关键词。

中国安全生产科学研究院院长张兴凯告诉记者，十九届中央政治局首次将应急管理议题纳入集体学习日程，是把应急管理工作放置更高的站位去思考和布局。这亦透出应急管理体系和能力现代化建设在国家治理体系和能力现代化建设中的重要地位。

张兴凯说："站在新中国成立 70 周年的历史方位，这次集体学习向外界透露出一个重要信号——国家应急管理体系和能力现代化建设为了什么，目标在哪里，需要建成什么样的体系。习近平总书记在集体学习时的重要讲话是对应急管理工作的重大理论创新、实践创新、制度创新，是深化应急管理事业改革发展的纲领性文献和科学行动指南，具有十分重要的现实意义和深远的历史意义，为做好新时代应急管理工作提供了根本遵循、注入了强大精神动力。"

—— 中央广播电视总台央视 ——

应急时刻

·记者：赵红梅 耿娜 杨洋·

导视： 发现问题，排查隐患

同期： 你知道不知道，这样随便这个值，最大的问题可能会是什么？

导视： 安全生产，任重道远

采访： 你昨天好不代表今天好，甚至不代表明天好。

导视： 如何筑牢生命的安全防线，敬请收看《生命线》应急时刻，全国"安全生产月"特别节目。

字幕： 2018 年 11 月 28 日，河北省张家口市河北盛华化工有限公司发生爆炸，造成 24 人死亡、21 人受伤。

2019 年 3 月 21 日，江苏省盐城市响水县天嘉宜化工有限公司发生特大爆炸，救出 164 人，其中 86 人生还。

2019 年 7 月 19 日，河南省三门峡市义马气化厂发生爆炸，造成 15 人死亡、16 人重伤。

2015 年至 2019 年，危险化学品企业共发生重特大事故 10 起，死亡 344 人。

消除事故隐患，筑牢安全防线！

开场解说：2020年6月是第19个全国"安全生产月"，国务院安全生产委员会办公室启动第三轮危险化学品重点县专家指导服务。160位来自全国各地危险化学品领域的专家，分赴涵盖31个省、直辖市、自治区以及新疆建设兵团的53个重点县，对2000多家化工企业开展重点帮扶与辅导培训，帮助他们排查安全风险，防患于未然。

同期：这么窄会导致一个什么样的后果呢？

消防车进厂不是太方便顺畅。

字幕：2020年5月10日5名专家组成员抵达天津市滨海新区对5家化工企业进行指导服务，发现68项问题（同期）。

同期：你知道不知道，这样随便这个值，最大的问题可能会是什么？

不准了，数据不准了。

跟数据准不准没有关系！

字幕：2020年5月10日5名专家抵达湖南省岳阳市云溪区对5家化工企业进行指导服务，发现168项问题（同期）。

同期：能放六个电瓶车充电是吧？进去手机都不让带，电瓶车的风险比手机还大？

字幕：2020年5月24日7名专家抵达内蒙古自治区鄂尔多斯市准格尔旗对5家化工企业进行指导服务发现79项问题。

★★ 新标准与旧厂区中控室规划冲突的普遍问题 ★★

字幕：2020年5月25日，内蒙古自治区鄂尔多斯市准格尔旗。

解说：在当地一家生产甲醇的企业内，指导专家发现老厂区中央控制室规划与新要求存在冲突，这个问题在很多老企业普遍存在。

专家采访：之前中控室已经做了一些处理，按照现在总局要求来看的话，位于装置区里面的一些控制室，一定要具备抗爆的一些功能，因为控制室对一个企业来说，一旦企业发生意外的时候，发生爆炸，发生泄漏的时候，在控制室里面是最安全的。

解说： 目前国内化工企业生产过程基本实现自动化控制，作为指挥的核心，控制室被称作一个企业的大脑，需要 24 小时有人值守，实时监控生产的每个环节，一旦发现问题，就会及时解决，因此这里的安全重要性不言而喻。

2020 年 4 月，国务院安全生产委员会为了提高中央控制室的安全性又提出了更严格的要求。控制室不但要与装置区保持足够的防火间距，还要满足抗爆要求。但是在检查中，指导专家发现很多老厂区的抗爆能力有可能存在安全隐患。

企业采访： 我们公司建厂相对来说比较早一些，也是按照当时的国家的行业规范和标准进行设计的。但是运行差不多十年了，十年在这十年期间，国家有一些标准和规范也进行了修改。我们现在正准备再做一下抗爆检测，评估一下，符合不符合标准上面抗爆等级要求。

专家采访： 我们在国内其他企业检查的时候也发现这样，很多企业在控制室这块，尤其采用老的标准，并不是很符合要求的，很多企业控制室离装置还比较近，甚至就放在装置区里面，尤其一些化工企业，把装置放在化工的车间里面，这个现在来说，按照国务院下的三年行动设施方案来说的话，已经不符合要求了。

同期： 这个距离刚刚是 55（米）吧？最近的是 60（米），到最近的设备是 65（米）。

面向装置的这面墙是封死了，就相当于这面墙，整个这面墙是封死了。你们还是自己做一下那个抗爆设计吧，评估一下。看它能不能满足要求，算一下抗爆强度、抗冲击波。就当这装置发生最大可能爆炸的时候，冲击波能不能对控制室造成影响。

解说： 针对有可能存在的安全隐患，专家组成员提出了具体指导意见。更让专家们担心的是，硬件问题容易解决，而人们的安全意识的提升是一个更高的要求。

采访专家： 企业硬件的提升是容易做到的，因为他只要舍得投入，只要按照国家标准规范去走就能够满足。但是人的安全意识的提升，管理的一个提升，包括制度的一个完善，这个是需要专家指导服务也好，需要企业也好，下更多力气去做的。

★★ 通过问题，寻找人员意识和管理问题 ★★

解说： 在第三轮危险化学品重点县专家指导服务过程当中，安全意识不足造成

的隐患比比皆是。

在这家企业内，专家就发现了社会上普遍存在的电动车带来的安全隐患。

同期： 这里按照那个布局，能放六个电瓶车充电是吧。有点太多了这个，电瓶车不能放在厂区里充电。

这取样刚回来是吧？

对。

那你电瓶车再回来，就得再充电是吧？

对。

每天取样取多少次？

四小时一次。

基本上四个小时一次是吧？

就在这。

你知道电瓶车开到装置区有什么风险吗？

一般是不进入防爆区，我们也不进入装置，我们就停在马路上。

就停在路边上。

但是我们进去手机都不让带，电瓶车的风险比手机还大！

解说： 该厂区内的电动车棚距离生产甲醇的装置区只有不足百米，一旦在充电过程中发生火灾，将会给整个厂区带来的危害无法估量

企业采访： 因为现场他们取样，每一次取样的量比较大，然后为了工作的方便，车间里面配了一些电动车，然后他们取样的时候，一个时间快，一个是更方便。但是疏忽了什么呢，充电设备的这个安全性，我们也是疏忽了。这次专家组过来给我们提出这个隐患，确实是非常好，我们接下来马上就整改。

解说： 通过追根溯源，专家们发现由于企业的管理者和员工只顾提高工作效率，根本没有意识到背后隐藏的巨大的安全隐患。

专家采访： 最近几年，大家可能从媒体报道中能看到，我们国家因为电动车在居民楼里面充电，或者在商店里面充电，引起电动车在充电中间发生爆炸，造成火灾的，还是很频繁的。如果说在充电中间发生像居民楼那样爆炸，发生火灾的话，

引起后果就比较严重了。从电动车这个来看，说明这边企业的一些管理上面还需要进一步提升，管理意识还有安全意识还要进一步提升。但是我们也希望企业能吸取这个教训，以后对一些使用的这些工具，或者外来人员要加强管控。

★★ 湖南岳阳企业的人员管理造成的巨大隐患 ★★

解说： 由于人员安全意识淡薄，管理体制不完善，而导致厂区内存在安全隐患的行为并非个例。

字幕： 2020 年 5 月 12 日，湖南省岳阳市云溪区

解说： 2020 年 5 月 12 日，在湖南省岳阳市云溪区某石化类企业进行指导服务的专家，在厂区内发现有工人为了取用方便，把用油浸泡防锈的螺栓，随意地放置在曝晒且密闭的铁皮柜里。

同期： 拿啥泡的？

拿油。

拿油泡的？

一般是用柴油。

你说你有必要给它放这吗？这天马上就热了，一开门一股油味出来。

老吴老吴！赶紧把这清掉！

专家采访： 企业用这个油来浸泡这个螺栓，可能是在这个岗位日常会用到螺栓来进行一些法兰连接的操作或者作业。我们理解企业的这种操作，但是把这个在很炎热的天气里边，把这个油桶放在这个位置，是比较危险的，容易形成可燃性有机物的挥发。

解说： 该企业有 27 座储罐，目前在用储罐储存了 8 万立方米的汽油柴油，厂区有员工 57 人。一旦发生火灾，这里将会变为人间炼狱。

专家采访： 当时我们检查组专家告诉企业人员尽快处理，企业人员也答应尽快处理掉，但是经过五个小时以后，我们检查组的专家下午再次来到现场的这个时候，查看同样的位置、同样的设备，这种问题依然存在。这就是典型的问题，在管理上没有得到落实。

解说： 虽然专家指出了问题，当场责令企业整改，但是让专家没想到的是，这并没能引起他们的足够重视。

同期： 我就奔着这桶柴油来的！上午我在这检查的时候，我跟他说了，打开这个器材柜我就看了，我说你这里边，拿柴油泡的一桶螺栓螺母，对吧？赶紧清理走它！这个天气这么热，这么密闭的一个铁皮柜子，大太阳晒着。上午我就跟你说了，你们企业有员工跟我陪检，过来跟他说了，当时还说我马上找人清，你们马上有人清走，怎么下午来了还在这？

现在马上上来，把这清走！

解说： 一个随时可以排除的安全隐患，可却五小时之内都没有人处理，从这件小事上反映出，该企业管理和员工安全意识存在很大的问题。在随后的调查中，更让专家震惊的是，在该企业的中央控制室中，竟发现有员工擅自修改报警和联锁参数。

同期： 什么时候改的报警值？

就是报警值，就是那个低报改为零是吧？也是 21（日）。

（4 月 21 日）

对！

专家采访： 这个报警系统就好比是我们在生产装置中，用来发现问题的眼睛和耳朵。一旦出现问题的时候，我们这些报警装置会及时把危险的信息反馈给我们。

同期： 你知道不知道，这样随便这个值，最大的问题可能会是什么？

不准了，数据不准了。

跟数据准不准没有关系！

你把联锁值改了，这联锁彻底就失效了！

联锁和报警彻底就失效了！我们上联锁就是为了保护你！

即使你今天打盹儿，我睡着了，或者我今天身体不好，打个瞌睡。它报警了，我没注意到，联锁启动以后，能自动把这块保护下来。

专家采访： 最难管的就是我们通常所谓的人这一个环节。人方面突出的问题比较多，比如说我们经常遇到的"三违"，比如说违章指挥、违章操作，违反劳动纪律。这些问题的出现根源都是在于人上，而且都是出在于人对安全这个要素的管理的认识上。

我们在现场检查过程中并不是为了问题而发现问题。而是通过发现这些问题，告诉企业在哪些环节可能存在一些管理上的、设备上的、技术上的一些问题。希望以此来帮助企业，做到一个有效地提升。

★★ 事故企业的自我救赎 ★★

解说： 在第三轮危险化学品重点县专家指导服务过程中，专家组的成员们也发现了一些整改有成的企业。这家化肥企业，此前接受专家指导服务后，他们严格执行专家的建议，管理有序，整改厂区的面貌焕然一新。实际上能有这样的新面貌，却是曾经用血的教训换来的。

采访自治区应急厅领导： 这个企业以前企业的水平基本可以说是，在我们这一块的话，在整个这个园区里边不算太好，安全管理也很差，整个管理，在 2015 年事故发生，他们经过那起事故以后，整个管理，在事故发生后，就是比较松散、混乱。

解说： 2015 年 3 月 3 日，这家企业的工人，在日常维护某装置时，由于高温高压气体灼烫冲击，导致 3 人死亡，直接经济损失 600 余万元。事后查明原因，发现竟然是某管理人员违规在作业票上的一个签字所造成的。

企业采访： 我们公司规定，现场工艺没有处理、没有完成、没有交出的时候，作业票是不能先填写的，这是公司的要求。但是部门的这个领导，就是为了在检修的过程中，能够节省时间，先把这个作业票填好。结果他把这个票填完之后，其他的工艺处理完成的作业票他发下去了，就把这张作业票裹挟着就拿出去了，发出去了。但他没有衔接好，那么检维修人员就去拆去了，实际气化炉的压力，还没有降下来，还有三十几（千克）的压力。这样检维修员工不知道，结果一拆的时候，有三十多（千克）的压力，那么里头有一定的热水就崩开了，崩开之后就把人造成了伤害，导致了三人死亡。

解说： 一个违规的签字，就酿成三条人命的惨剧。三位工友的这起安全责任事故，为企业的每个人心中都带来了震撼，对安全问题前所未有的重视起来。他们希望能

够做好每一个涉及安全的细节，但是刚开始面对专家的高标准严要求下，对于一个曾经管理松散的企业来说，一时间还难以适应。

企业采访： 专家刚开始来的时候提出一些问题，我们的员工，包括一些中层干部某些时候也是有抵触的，认为这个是鸡蛋里挑骨头，说没有必要这么苛刻，我们生产的本质是安全的，但是随着我们整体意识的改变，现在来说，可以说有很大的提高，其实安全上确实就是需要鸡蛋里挑骨头。

解说： 如今这里的整改已经见到了成效，在 2019 年的一次全国安全生产量化评估中，他们在 209 家企业中，获得第前十名的好成绩。

企业采访： 我们自己觉得安全管理它是一个动态的，你昨天好不代表今天好，甚至不代表明天好。取得这个成绩虽然说是一种认可而已，但是我们企业并没有把它作为一种骄傲的资本，因为这个动态安全管理是一个企业不停的（变化的事），就是安全管理永远在路上，就是可以说是这样子。

★★ 专家指导服务的带动效果 ★★

解说： 实际上全国危险化学品重点县专家指导服务，是从 2019 年 1 月开始，到现在已经是第三轮。让专家们感到欣喜的是，各地区也开始效仿这个模式展开自纠自查。带动各自地区的化工企业，积极排查安全隐患，防微杜渐。

领导采访： 除了国家两个重点线以外，我们自治区又选定了八个重点线，我们去年也按照国家的模式，开展了两轮的重点线指导服务，我们自治区重点线专家在开展指导服务前，也是全程跟踪我们国家的重点线指导服务组的专家在学习，然后他们再把学到的经验带回去，开展我们自治区的重点线的指导服务工作。通过这八个重点线，我们继续把这个范围往大辐射。因为我们选了八个重点线，东部区、西部区我们都有，这个辐射的效率还是非常大的。

结尾字幕：

截至 2020 年 6 月

危险化学品重点县专家指导服务工作协调组

共组织 1500 余专家人次

检查 405 家危险化学品企业

查出安全风险隐患 21415 项

其中重大隐患 797 项

辅导培训超过 10 万人次

第三轮专家指导服务仍在有序进行

危险化学品重点县专家指导服务

深入推动了危险化学品安全专项整治三年行动

为全国"安全生产月"活动顺利进行

以及危险化学品领域做好"六稳""六保"工作

营造了良好环境

新京报

"边应急、边建设"：
应急管理部两年之变

——国务院安委办启动第三轮危险化学品
重点县专家指导服务

·记者：王昱倩·

2018年4月16日，新组建的应急管理部挂牌运行，截至今日，应急管理部已经组建两年。一位安全领域的专家说，"如果把应急管理机构改革第一年称为落实、规划年，第二年可以称为落实、提升年。在应急管理工作的设计上更加精细化、精准化。

西昌经久乡森林火灾后，四川省、凉山州政府被约谈。4月9日，根据人民日报消息，主约谈人是应急管理部党委委员、森林消防局局长徐平。

"继去年'3·30'木里大火之后时隔一年，凉山州再次发生扑救森林火灾中人员重大伤亡，令人痛心，教训极其深刻。"徐平在约谈时说。

这不是应急管理部第一次因为"约谈"而广受关注。2019年，他们约谈了17个地方政府和2家中央企业负责人。

2018年4月16日，新组建的应急管理部挂牌运行，整合了包括国家安监总局、国务院办公厅、公安部、民政部、国土资源部、国家林业局、中国地震局在内的11个部门的13项职责，涉及5个国家级的应急指挥协调机构，以及公安消防和武警森林20万人的转隶整合。

"把分散于各有关部门的应急资源和力量整合起来，形成统一高效的应急管理体系，全面提升我国防灾减灾救灾能力，是我国应急管理战线几代人的梦想。"应急管理部党委书记黄明在应急管理部挂牌运行之初接受人民日报专访时说，"组建应急管理部不是哪一个单位改名字，而是一次全新的再造重建。"

截至今日，应急管理部已经组建两年。"如果把应急管理机构改革第一年称为落实、规划年，第二年可以称为落实、提升年。在重特大灾害事故的'防减救恢'（防灾、减灾、救灾、恢复重建）及其风险的'测评报消'（监测、评价研判、报警预警、消减）等方面形成了很多成熟的、行之有效的做法。"中国安全生产科学研究院院长张兴凯告诉新京报记者。

武汉消防对武汉火车站进行消杀。

城市消防与森林消防协同作战

"火线最近的时候，离我们不足百米。风刮得睁不开眼睛，大火往山脚扑过来。"4月10日，西昌经久乡森林火灾扑灭后的第8天，四川省消防救援总队作战训练处专业技术一级指挥员张山虎对新京报记者回忆。

山火发生当晚，很快威胁到西昌城区的一座存量约250吨的液化气储配站。四川省消防救援总队调集了成都、德阳、凉山支队消防指战员，一边设置水枪水炮阵地、开启喷淋降温、喷水喷泡沫打湿保护，一边紧急开辟隔离带，转移邻近液化气钢瓶，减少危险源，阻截火势蔓延。

"两支消防队伍的合作并不是首次。不过此前，协作的密切程度、投入的力量、装备都无法与这次的规模相比。"张山虎说。

在这次火灾扑救中，城市保卫战的主力军——消防救援队伍负责疏散群众、保卫重点设施，如受到威胁的两处加油站、四所学校和奴隶社会博物馆、光福寺、听涛小镇建筑群以及西昌最大的百货仓库等。而深入到山林深处火场的森林消防队员，则负责打开突破口，与火线展开直接较量。

两支队伍既有分工又有配合。"我们调整车辆编成，形成梯次往返于火场和水源地，通过运水供水、接力供水等方式，设置多个取水点，保证森林消防队伍灭火用水不间断。在沿路供水的过程中，我们还主动扑救逼近交通要道和居民建筑的山火。"张山虎说。

"在实战中能看出来，我们两支队伍是密不可分的。"内蒙古森林消防总队锡盟支队支队长于乾龙说。转制后这两年，他们先后经历了山西沁源"3·29"森林火灾，山西晋中市榆社县、忻州市五台山森林火灾等，与消防救援队伍协同作战，联系紧密。"我们作为主打力量在前面扑火，他们在后面架设水源。明火被扑灭后，我们继续前进，他们清理看守。这几方面的力量缺一不可。"

应急管理部组建之后，原公安消防部队、武警森林部队退出现役，成建制划归应急管理部，组建国家综合性消防救援队伍，承担防范化解重大安全风险、应对处置各类灾害事故的重要职责。

2019 年 4 月，森林消防队伍扑灭山西省沁源县森林火灾。图为甘肃省森林消防总队
增援分队指战员在火场实施扑救作业。

"应急管理部组建之前，重特大灾害事故的处置是地方政府统一调度指挥、多部门开展应急救援工作的模式。在应急处置现场，由于各部门的组织体制不同、应急机制不同、应急救援队伍的部门不同，往往在各队伍进场初期，出现各自为战、管理混乱、效率不高的情况。这方面的问题，我参加重特大事故应急处置时感触极深。"张兴凯说。

张兴凯告诉新京报记者，应急管理部成立后，上述问题逐渐得到了解决。在一些重特大灾害事故的应急处置中，应急管理部形成统一调度机构，参战单位各司其职、各尽其责，迅速形成协调一致的实战组织，大大提升了应急处置的质效。

"转制之后，我们的专业性更强了"

与消防救援队伍类似，划归应急管理部后，森林消防队伍也面临着协同其他救

援力量作战，不断汲取综合性救援能力的经验。

　　于乾龙所在的内蒙古森林消防总队锡林郭勒盟支队，是应急管理部成立以来，新组建的国内6支跨国境森林草原灭火队之一。

　　"以前是一身橄榄绿，现在换上了蓝制服。"于乾龙说，没有接到扑火任务的时候，他们就负责地形植被与林向，熟悉管控区的情况，提前预警，开展训练，完善装备。"比如，锡盟支队发明的草原战车，设计初衷是围绕本身草原植被的特点。成立跨国境灭火队之后，中蒙边境的草原面积也很大，这些装备恰好发挥了重要作用。"

　　转制之后，在应急管理部的统一指挥调派下，于乾龙的队伍与其他应急力量的合作更加频繁、密切。有时，邻近省市发生的大规模火灾，他们也需要前往增援。

　　2019年3月17日，山西晋中市榆社县发生森林火灾。在应急管理部的统一调度下，于乾龙的支队前往灭火。当时火场地形险峻，在强劲风的作用下，火势蔓延了10公里。灭火过程中风向突变，他们紧急转移到避险区域。

攀枝花支队为森林消防供水。

"有七八米的断崖,我们用木棍一个一个人地往上拽。待所有人安全之后,俯首望去,周围全是浓烟与大火,什么也看不清。我们用灭火机的风口往上顶,火漫过来,陡崖一挡,又形成漩涡顺着山谷方向往下走了。"于乾龙回忆,他通过对讲机与指挥部联系,在不具备撤离条件的情况下,指挥部决定,先调动10架直升机对避险区域洒水,再用灭火水泵架设一条路线,帮助他们撤到山下。

事后回忆起来,于乾龙仍觉得惊险万分。"总结成功脱险有几个原因。一是联合指挥部通过无人机侦查,为我们选择的避险地形非常准确、规范和专业,另外是地方消防救援队的协助、配合十分紧密。"

"我们最熟悉的是草原火,视线范围通畅,只要抓住有利战机,速战速决,当日就能扑灭。相较来说,森林火灾的密集程度高,视线差。"于乾龙说,"扑打慢,行进也慢,最后的清理看守也更复杂,包括避险方式、扑打工具都不一样。我们很需要与其他救援队交流经验,分工协作。"

2019年3月29日,山西沁源县发生森林火灾。根据上级调派指令,于乾龙再次率领支队前去支援,与北京和甘肃的救援队伍联合作战。"与内蒙古的地形不一样,那里的山体陡峭、直立,最陡峻之处形成80度转角,稍微不注意,人就滑下去10多米。这种地形也易造成火线分散,打着打着,火就被断崖挡没了。"

于是,队伍专门设置了一名安全员,时刻观察地形,寻找紧急避险地带,实时给森林扑火队传送信息,为下一步的指令提供参考。

"转制之后,我们的专业性更强了。"于乾龙说,同时,建设国家综合性消防救援队伍的路径也更加清晰。"像山岳、水域救援,我们是弱项,以前从没接触过。现在,我们会聘请消防救援的教员现场授课,学习他们的工具如何使用。他们也跟我们学习森林草原火灾扑救的知识。"

"预计什么事,先做什么事"

应急管理部应急指挥专员陈胜说,山西榆社、五台山森林火灾发生时,应急管理部指挥中心迅速连线火灾现场,建立省、市、县和现场一体化的信息链条,随时

掌握各方信息，协调指导地方扑救工作。

"比如，应急管理部主要领导在北京视频调度，直接连接火灾现场，火场植被以油松为主，扩大蔓延风险高，应山西省请求，应急管理部抓紧启动了增援预案，并派工作组前往现场指导。"陈胜说。

故灾难现场情况往往复杂多变，应急管理部根据其后果严重性、可控性和紧急程度等不同情况建立了分级响应机制。针对地震、洪水、森林火灾等，部领导多次主持会议研究编制了 20 多个响应手册，大的救援行动后及时修改完善，每一套手册都细化到人、明确任务和时间要求等。根据年度自然灾害趋势分析，区分不同区域灾害情况，事先统筹救援力量在哪里布设、救援装备在哪预置、通过何种交通方式投送、受援地如何对接。

在火灾扑救中，雅安支队与森林消防协同作战。

以前，一些部门联动机制不紧密。突发事件信息在基层接报后，再经过程序研判报批，逐级上报。"为什么有的突发事件扩大？信息综合性研判不够，传递过程中某一环节断裂，或者关键信息被忽略，加之有的地方政府控制事态能力和可调用资源有限，事态就难以控制。"

"现在，应急管理部有一种'面对面'的做法，一旦发生重特大灾害事故，部指挥中心立即启动应急响应，部领导和相关司局到岗到位，与现场直接视频连线，组织会商研判，坚持底线思维，把情况掌握得更准确，把风险考虑得周全，把方案设计得更科学。"陈胜对新京报记者说。

根据公开资料，2018 年、2019 年，应急管理部累计组织灾害事故视频会商 395 次，启动重特大灾害事故响应 105 次，派出工作组 443 个；国家综合性消防救援队伍出动指战员 2595 万人次，营救疏散群众 133.1 万人，抢救保护财产价值 555 亿元。

2019 年超强台风"利奇马"救援。

陈胜介绍，处置"利奇马"台风时，台风登陆前两天，应急管理部就会同气象、生态资源、交通运输等部门开展紧急会商，研判路径与危害，提前部署沿海省份的应对措施，以防、避为主。等台风一登陆，在预先研判可能成灾的地方，已经设置了救援队伍和装备，随时准备突击抢险，与同级别台风相比，"利奇马"造成的死亡失踪人数最少、经济损失最小。

"这是一种非常高效的衔接和运转。台风一走，应急管理部紧急会同财政部安排调配救灾款物，协助成灾的地区开展受灾群众救助。原来是在灾害链条上'来了什么事，再做什么事'，现在是预判什么自然灾害风险可能引发什么灾害和后果，事先就做好各种应急准备工作，决策、执行、协调都是一个部门，缩短了指挥协调链条。这样用具体行动践行习近平总书记提出的'两个坚持三个转变'（坚持以防为主、防抗救相结合，坚持常态减灾与非常态救灾相统一，努力实现从注重灾后救助向注重灾前预防转变，从减少灾害损失向减轻灾害风险转变，从应对单一灾种向应对综合减灾转变。）"

中国安全生产科学研究院院长张兴凯对新京报记者分析，应急管理部组建两年以来，在应急管理工作的设计上更加精细化、精准化。比如，已经形成了由应急管理部主要负责同志定期、不定期组织针对重特大灾害事故的预防、准备、处置、善后及其风险防控的会商分析研判制度；全国风险一张图的技术工作基本完成，现正在组织数据接入；覆盖全应急管理系统的视频会议系统已经投入使用；自然灾害和生产安全生产事故风险监测预警试点工作全面启动等。

2019年12月14日，四川宜宾杉木树煤矿发生透水事故，16日16时，遇难人数增至5人，失联13人。事故发生当日，应急管理部党委书记黄明立即视频调度指挥，派出由应急管理部副部长、国家煤矿安全监察局局长黄玉治带队的工作组，连夜赶往事故现场。同时，四川省应急管理厅也启动了二级响应。

四川省应急管理厅应急指挥中心指挥长侯建明回忆，他们请了省内、省外煤矿、地质的专家，建立了一个庞大的专家队伍，对井下的系统、事故发生前的情景、通风瓦斯情况，进行了详细的分析。"调集了省市15支力量赶赴宜宾，15日零点10分，

2019年12月18日凌晨，杉木树煤矿被困工人获救。

首批救援力量和装备就达到了事故现场。"

陈胜告诉新京报记者，事故一发生，前、后方就进行了连线，黄明书记坐镇指挥大厅，直接视频看到现场救援情况。"前方有需求，后方就协调处理。这种扁平化的指挥协调体系，密切了前、后方联动，第一时间了解现场救援需求和难点，实现高效科学决策。"

最初在井下排水的是排水能力220立方米的水泵。由于透水量大，水位很快涨到130米。四川应急管理厅指挥中心立即联系大型企业，寻找设备和配件。5个小时后，一台排水量550立方米的12吨重的水泵到达现场。

最终，在这次事故处置中，历经生死救援的88小时，13名被困矿工全部获救。

"时刻准备着"的"应急文化"

习近平总书记在主持中央政治局第十九次集体学习时指出，应急管理部门全年

365 天、每天 24 小时都应急值守，随时可能面对极端情况和生死考验。应急救援队伍全体指战员要做到对党忠诚、纪律严明、赴汤蹈火、竭诚为民，成为党和人民信得过的力量。应急管理具有高负荷、高压力、高风险的特点，应急救援队伍奉献很多、牺牲很大。

平常，应急管理部指挥大厅，24 小时都有人值守，彻夜灯火通明。

应急机制启动后，负责运转、协调、救灾、监测、宣传等各个小组人员第一时间赶到指挥大厅。

作为一名应急人陈胜感受很多。"有时候，遇到紧急事件，一两个小时之内就要出发。不光是我，这在应急管理部是一种常态，时刻准备着，这是部党委强调的一种'应急文化'。部领导率先垂范。有一次我值班，凌晨 2 点多，我给黄明书记发了一条短信，他马上回复，并提出相关要求和注意事项。随后，我们在指挥大厅工作时，黄明书记和相关部领导陆陆续续进来了，和我们一起挑灯夜战。"

国家防总副总指挥、应急管理部党委书记黄明主持召开视频调度会，部署台风"利奇马"防范应对工作。

"应急管理部成立以来，一个特别显著的变化是，各级党委、政府更加重视应急管理工作。比如，省委书记定期主持会议研究应急管理、安全生产工作的制度，一名省委常委（一般是省政府常委副省长）抓应急管理、安全生产工作的制度，由省长任省安全生产委员会主任的制度等已经形成。"中国安全生产科学研究院院长张兴凯对新京报记者说。

张兴凯说，现在讲"全灾种""大应急"是针对应急管理工作的，当然也包括应急救援队伍建设。此次机构改革中针对应急救援力量就是"专常兼备"，强调常备力量就要多能，专门力量就要专业性强。

"消防救援力量是应急救援力量的中坚、是常备力量，需要具有应对火灾、爆炸、地震、泥石流、矿难的本领，并要求在任何重特大突发事件发生时都用得上，我们已经高兴地看到，在新冠疫情应对中，广大消防救援指战员奋战在一线，担当病员转送、物资转运、洗消杀毒、医疗废水输转等工作，'火焰蓝'和'天使白'携手抗疫，充分体现出了改革后国家综合性消防救援队伍的综合性特点，这是机构改革的成果。"张兴凯说。

"'全灾种、大应急'的概念，四川很早就开始进行了探索。"四川省消防救援总队作战训练处专业技术一级指挥员张山虎说，结合四川省情，他们也在分门别类地梳理灾种，厘清潜在的风险和隐患，建立专业队伍、开展专业训练。

事实上，从国家到地方各级，专业队伍救援的体系构架已基本形成，建立了山岳、水域、地质灾害、危化品处置、空勤等一批专业救援队伍。"我们的很多专业救援队还得到了一些专业机构的资格认证。"张山虎说。

张山虎说，以空勤专业队为例，他们和通航公司签订战略合作协议，一旦救援需要，便能立即提供给消防救援人员使用。"去年'8·20'汶川特大山洪泥石流时，十几个工人被困在一处水电站，我们通过直升机把人转运出来。这种模式已经通过实战的检验了。"

"再比如这次西昌森林火灾之后，对于攀枝花、凉山、甘孜等森林火灾风险较高的地区，我们的预案体系可能又有新的变化。"张山虎说，"我们正在会同森林消防队伍共同研究制定新的联合作战模式。"

"对一个省的安全生产专项整治，有史以来是第一次"

应急管理部成立以来，始终把有效防控风险作为重大政治责任，推动建立安全生产常抓严管长效机制，健全完善安全风险防控机制，特别强调要强化底线思维，守牢安全底线，强化源头治理，压实主体责任，同时要求应急管理系统要夯实安全监管责任、创新安全监管机制。"实际上大多数'黑天鹅'本质上都是'灰犀牛'，要善于运用大概率思维应对小概率事件，努力把问题解决在萌芽之时、成灾之前。"在年初的应急管理工作会议上，黄明特别强调。

加强明查暗访和专项督导，是防范化解安全风险的手段之一。针对岁末年初安全风险隐患集中的情况，2019年12月，国务院安委会在前期派出10个督查组明查暗访的基础上，又组织16个由部级领导带队的督查组深入各地督促检查安全生产集中整治工作。督查组检查了16个省级政府、42个市级政府、91个县级政府、413家企业，共查处问题隐患2045项，其中重大隐患80项，关闭取缔企业1家，责令停产停业整顿企业27家。

例如，在贵州，督查组随机抽查的一处煤矿，发现了27项突出问题。该矿从2015年7月起一直处于停产状态，2019年10月25日恢复生产至12月初，不到50天时间里，发生瓦斯超限9次。煤矿上级管理部门更像是一个"影子公司，一共19人，其中通风部、安全部、机电部都仅有1人。之后，当地政府责令该煤矿停产整顿，并派驻工作组24小时盯守。

目前煤矿、尾矿库、危化品重大危险源的事故风险监测预警试点工作已经全面展开。比如煤矿监管信息系统，在新冠疫情期间多次开展线上煤矿情况调度；从试点的情况可以看出，安全生产风险监测预警可以为监管监察提供强有力的支撑，是监管监察的重要抓手，显著提升安全生产监管监察的效率和效力。"中国安全生产科学研究院院长张兴凯对新京报记者说。

自从应急管理部组建以来，严肃整治的力度有增无减。每一次重大事故的发生，都意味着极其惨痛的教训和下一步安全整治力度的升级。

2019年3月21日，江苏省盐城市响水县天嘉宜化工公司发生爆炸。爆炸发生后，应急管理部党委书记黄明紧急率工作组赶赴事故现场，指导应急救援等相关处置工作。此后，针对该事故国务院决定成立调查组，黄明担任组长。

2019 年 11 月 23 日，根据党中央、国务院决策部署，国务院安全生产委员会印发工作方案，决定在全国范围内部署开展为期三个月的危险化学品等重点行业领域安全生产集中整治，对江苏开展为期一年的安全生产专项整治工作。

"我参加了江苏省的安全生产专项整治，负责'江苏省安全生产治理体系与能力现代化研究'课题的工作。据我了解，针对一个省的安全生产专项整治，有史以来是第一次。这样的专项整治，不仅对江苏安全生产工作的推动将是显著的，对全国的安全生产工作推动也将是显著的。"中国安全生产科学研究院院长张兴凯对新京报记者说。

2019 年 12 月 23 日，国务院安委会办公室就浏阳市碧溪烟花制造有限公司爆炸事故约谈湖南省长沙市人民政府时，严厉指出，地方烟花爆竹安全监管力量存在弱化现象，安全监管工作不落实、执法宽松软问题突出。事故发生后，当地隐瞒死亡人数，性质恶劣，影响极坏。

"重特大事故后，对地方政府与企业负责人进行约谈，已经制度化了。虽然达不到追究责任的程度，但约谈了使你脸上不好看、面子上过不去、说起来不好听，而且在约谈时你要做出检讨、做出保证。还有，被约谈就是下不为例。这样就引起了你的足够重视。"张兴凯说。

就在本稿截稿之际，记者从应急管理部获悉，国务院安委会刚刚部署开展全国安全生产专项整治三年行动计划，着力完善安全生产责任链条、制度办法、重点工程和工作机制，健全公共安全隐患排查和安全预防控制体系，以从根本上消除事故隐患。

央视新闻新媒体

一餐饭 | 逆火而行，你们脸上的"烟熏妆"真帅

·记者：温露 王宁 王壹霖 等·

不论何时，不论何地

总有坚守岗位的工作者

一餐一饭，百味人生

"五一"期间

让我们看看各行各业的劳动者

在岗位上的一餐饭

今天的故事

就从西藏林芝的茂密森林开始……

旦增群旦

巴宜区森林消防中队的一名森林消防员

采访当天

他正好轮值厨房班

菜单（日常版）

六菜一汤

四荤两素

新鲜水果

伙食，赞！

但遇上火警的时候

吃饭的画风就变了……

4月14日

林芝市尼西村突发森林火险

旦增群旦和队友正在日常训练

接警后

大家迅速赶往火场

扑打火线、开设隔离带、清理烟点

连续奋战七天六夜

火场间隙

班长把最后一个苹果递给了旦增群旦

你一口我一口

一边吃一边替对方擦脸上的灰

擦成了真正的"烟熏妆"

等到战友来换防

队员们已经是又累又饿

大家满身烟灰

席地而坐

开始了火场里的"午餐"

幸运的是

天空开始下雨

大家开心地欢呼

饭菜和着尘土、雨水

简陋的一餐有些狼狈

心却是甜的

哪有什么岁月静好？

因为有人在为我们逆火而行

满脸烟熏的你们，真帅！

—— 澎湃新闻 ——

应急管理部全面履职一周年：
应急体系渐完善，火焰蓝放光彩

·记者：戴越·

2019 年是应急管理部组建到位后全面履职第一年。

应急管理是国家治理体系和治理能力的重要组成部分，承担防范化解重大安全风险、及时应对处置各类灾害事故的重要职责，担负保护人民群众生命财产安全和维护社会稳定的重要使命。

这个整合了 11 个部门的13 项职责、被称为"超级大部"的应急管理部也正在被更多人了解，"烈火英雄""全灾种大应急""火焰蓝"等词汇一年间广泛传播……越来越多的人聚焦这一"超级大部"，关注它全面履职一年间做了什么，又取得了哪些成绩。

2018 年 4 月 16 日，中共中央政治局常委、国务院副总理韩正出席应急管理部挂牌仪式，并在应急管理部指挥中心调研。 新华社记者丁海涛 摄

■ 组建与发展

2018 年 4 月 16 日，应急管理部举行挂牌仪式，正式对外履行职责，自此开始"边组建，边应急"的道路。

澎湃新闻注意到，2018 年 3 月出炉的《国务院机构改革方案》，其中一大亮点就是组建应急管理部。

复旦大学国际关系与公共事务学院应急管理研究中心执行主任、教授、博士生导师李瑞昌此前接受澎湃新闻采访时表示，组建应急管理部，公安消防部队、武警森林部队转制，与安全生产等应急救援队伍一并进入后，有利于集中管理主要救援力量，实现了救援指挥权的相对集中，应急管理机构也有了新定位，明确属于政府组成部门。

澎湃新闻了解到，国务院总理李克强 2019 年 3 月 5 日做政府工作报告时特别提到，一年来"改革和加强应急管理，及时有效应对重大自然灾害，生产安全事故总量和重特大事故数量继续下降"。

应急管理部副部长孙华山在部组建以来改革和运行情况发布会上介绍称，组建应急管理部，是以习近平同志为核心的党中央，立足我国灾害事故多发频发基本国情做出的重大战略决策。先后整合 11 个部门的 13 项职责，其中包括 5 个国家指挥协调机构的职责，顺利完成了机构改革、人员转隶和公安消防、武警森林 2 支部队近 20 万人的转制，新组建了国家综合性消防救援队伍，31 个省级应急管理厅局全面组建。新时代中国特色应急管理组织体制初步形成。

孙华山曾指出，应急管理部的组建不是多部门、多职责间简单的"物理相加"，而是要真正发生"化学反应"。2019 年 9 月，在国新办举行新时代应急管理事业改革发展情况发布会上，他再次提到了 "化学反应"一词。

孙华山介绍说，为推进"化学反应"过程，应急管理部主要做了四方面工作。

第一，努力形成高效统一的指挥体系。从挂牌第一天起，部领导带头与机关工作人员一起 24 小时在岗在位值班备勤。面对多发的重大灾害险情，发挥议事协调机

构作用，应急管理部牵头组织各相关部门第一时间集中会商、第一时间调度指挥，实现研判更加快速、决策更加科学。

第二，努力形成特色鲜明的应急文化。 用 "对党忠诚、纪律严明、赴汤蹈火、竭诚为民" 四句话方针来教育全系统广大干部，坚持 "生命至上、科学救援" 的理念，凝聚精神力量，弘扬吃苦奉献精神，时刻保持应急状态，始终做好打硬仗的思想准备。自觉承担维护人民群众生命财产安全的神圣使命。

第三，努力实现各类救援力量资源的充分整合。 分梯队设置三方面救援力量，一是近 20 万国家综合性消防救援队伍人，作为主力军国家队。二是生产安全方面的专业救援队伍，像矿山、危险化学品、隧道等专业的救援队伍。三是由各类团体和广大志愿者组成的机动灵活的社会救援力量。这三方面队伍优势互补，关键时刻统一调度、协同作战，形成科学高效、强有力的应急力量体系。

第四，努力实现机关干部和工作职能的有机融合。 精心编制实施工作职责，科学合理使用干部，公开公正选人用人。在转隶过程中坚持实事求是，不搞 "一刀切"，从有利于维护人民群众生命财产安全大局出发，针对灾害时段变化，分轻重缓急，分步转隶到位。其间，根据工作磨合实践，理顺了与有关部门的职责划分，做到 "统" "分" 结合、"防" "救" 结合，应急处置更加科学高效。

■ 成绩

2019 年 11 月 29 日，习近平总书记在主持中央政治局就我国应急管理体系和能力建设进行第十九次集体学习时指出，我国是世界上自然灾害最为严重的国家之一，灾害种类多，分布地域广，发生频率高，造成损失重。同时，我国各类事故隐患和安全风险交织叠加，易发多发。加强应急管理体系和能力建设是应急管理部成立以来一直面对的任务。

据应急管理部数据，应急管理部全面履职一年以来，2019 年实现全年自然灾害因灾死亡失踪人口、倒塌房屋数量、直接经济损失占 GDP 比重较近 5 年均值下降 25%、57% 和 24%。全国安全生产形势总体保持稳定态势，事故起数和死亡人数分别下降 18.3% 和 17.1%，较大事故、重特大事故起数分别下降 10.2% 和 5.3%。一年间，应急管理部累计组织灾害事故视频会商 293 次，启动重特大灾害事故响应 58 次，派出工作组 383 个。

谈及自然灾害防治成绩的取得，应急管理部副部长郑国光此前介绍称，应急管理部自成立之后就承担起统筹、协调、组织全国防灾减灾救灾的职责，立即组织制定了各个灾种的应急预案和工作方案，全体人员进入应急状态，部党组成员 24 小时轮流在岗值班，每一次重大自然灾害保证第一时间启动应急响应，第一时间派出应急救援队伍，同时把每一次应急响应作为实战演练，逐步磨合、完善应急处置方案和措施。

此外，建立了部门联动机制，发挥国家应对重大自然灾害指挥部的作用，加强部门间沟通协调。比如，在应对堰塞湖自然灾害中，应急管理部建立了与自然资源部、水利部、能源局等多个部门的联合会商、协同响应机制，同军委联合参谋部也建立了军地应急救援联动机制，派出联合工作组到现场统筹协调救援工作，配合地方党委政府指挥处置重大灾害。前方是联合工作组，后方是联合会商、联合指挥，改变了过去各个部门派工作组、各个部门进行单项的救灾救援，把各个部门的资源统筹在一起，进而能够协同、高效地处置灾害。

探索建立完善防范救援救灾一体化的运行机制。根据灾情预判，提前在重点地区、重点部位、重点工程预置救援力量，一旦有事，第一时间应急救援，最大限度减少灾害损失。

澎湃新闻了解到，技术的进步也为自然灾害防治提供支持，据介绍，当前遥感卫星监测可视化系统投入试运行，防汛抗旱态势分析系统初步实现全国气象、水旱和雨雪冰冻等自然灾害动态监测。据澎湃新闻此前报道，12 月 30 日，应急管理部国家自然灾害防治研究院在京成立。该研究院是我国第一家国家级自然灾害综合性防治研究院，为推动提升我国自然灾害防治能力、推进应急管理体系和能力现代化提供有力支撑。

此外，在安全生产工作方面，应急管理部于 2019 年在全国范围部署开展危险化学品等重点行业领域安全生产集中整治。组织对 1474 处高风险煤矿开展"体检"式

重点监察，对 38 处采深超千米矿井进行安全论证，关闭 1000 处以上不具备安全生产条件非煤矿山（含尾矿库），深入开展道路交通、建筑施工、烟花爆竹、城市燃气等其他行业领域隐患排查治理。另推行企业安全生产承诺制，将 70 多家企业纳入安全生产联合惩戒"黑名单"管理。

技术方面，实现危险化学品安全生产风险监测预警系统全面应用，列入国家"互联网＋监管"重要示范应用。还出台《安全生产行政执法与刑事司法衔接工作办法》、《安全生产责任保险事故预防技术服务规范》，印发化工园区和危险化学品企业风险排查"两个导则"等办法意见、实施高危行业领域安全技能提升行动计划，多渠道推动安全生产事业发展。

澎湃新闻近日从应急管理部获悉，为保岁末年初生产安全稳定，16 个督查组由各部委领导带队，近期赴河北、山西、黑龙江等 16 个省份开展专项督查。应急管理部相关负责人对湖南省、贵州省等近期安全生产事故发生地对省政府进行约谈。

国家综合性消防救援队登舞台。

2019 年，"火焰蓝"是众人瞩目的焦点，他们正在被更多人了解，被更多人认可和尊重。

2018 年 11 月 9 日，习近平总书记在人民大会堂向国家综合性消防救援队伍授旗并致训词，标志着一支全新的人民队伍举旗定向、踏上征程。一年多来，近 20 万名官兵完成身份转改、职级套改和授衔换装，首次招录 1.4 万余名消防员已入职培训，中国消防救援学院挂牌招生，改革转制的主要任务基本完成，队伍建设发展取得良好开局。

一年的时间里，国家综合性消防救援队有效应对和处置山西乡宁"3·15"和贵州水城"7·23"山体滑坡、山西沁源"3·29"和广东佛山"12·5"森林火灾、四川长宁 6.0 级地震灾害、"利奇马"超强台风，以及江苏响水"3·21"爆炸和四川珙县"12·14"煤矿透水事故等多起重特大灾害事故。特别是今年第 9 号台风"利奇马"，为新中国成立之后登陆我国第五强台风，风力超强、时间超长、范围超广、雨量超大，但与以往强度相近、路径相似的超强台风相比，最大限度地降低了灾害损失。

一年来，国家综合性消防救援队伍共出动指战员 1311.9 万人次，营救遇险群众 15.8 万人、疏散 49.7 万人，抢救保护财产价值 242.2 亿元。

"全灾种，大应急"是这支队伍的新名片。应急管理部消防救援局局长琼色称，消防救援队伍转制后，成为应急救援的主力军和国家队，职责拓展，任务增加。在原有防火灭火和以抢救人员生命为主的应急救援任务基础上，水灾、旱灾、台风、地震、泥石流等自然灾害和交通、危化品等事故的救援，都成了救援的主责主业。

为实现"全灾种、大应急"的任务需要，应急管理部加强专业队伍建设，在全国布点组建了 27 支地震（地质）、山岳、水域等专业队和 2 个搜救犬培训救援基地，在全国 31 个消防救援总队均组建了 100~300 人的省级抗洪抢险救援队。

此外，还依托北京消防救援总队组建了一支 200 人的中国救援队，并于 2019 年首次出访莫桑比克实施了国际救援行动，于 2019 年 10 月成功通过联合国际重型救援队能力测评，成为我国第二支具备跨国救援能力的队伍。就此，中国成为亚洲首个拥有两支获得联合国认证的国际重型救援队的国家。

值得注意的是，2019 年 9 月，应急管理部、中共中央组织部等 13 个部委联合印发了关于做好国家综合性消防救援队伍人员有关优待工作的通知，从 13 个方面提出消防救援人员优待政策。2019 年 11 月，应急管理部消防救援局副局长张福生告诉澎湃新闻，第二次消防员招录工作自 9 月启动以来，经过审查合格的实际报名人数达 94600 多名。张福生介绍说，加入国家综合性消防救援队伍后可享受特殊优待政策。根据政策规定，消防员在伤亡抚恤、住房医疗、交通出行、子女入学等方面享受专门优待。

澎湃新闻近期获悉，在应急管理部统一部署下，各省（区、市）消防救援队伍于 2019 年 12 月 31 日前完成挂牌工作。9 支森林消防总队也已完成挂牌工作。

—— 中国应急管理报 ——

"2020 追梦火焰蓝 守护绿水青山" 系列报道

— 01 —

消防守护"下山"安居
怒江州最大易地扶贫安置点消防宣教见闻

· 记者：孟德轩 ·

云南省怒江傈僳族自治州（以下简称：怒江州）是国家级深度贫困地区"三区三州"之一。为了啃下这块脱贫攻坚战里的"硬骨头"，怒江州已将总人口近五分之一的易地扶贫搬迁对象"搬出大山、迁入新居"。

为了保卫和巩固脱贫攻坚成果，云南省消防救援总队今年启动了助力怒江脱贫攻坚"消防守护"计划，其中两项工作内容是培养少数民族群众消防安全素质和保障易地搬迁安置点消防安全。

11 月 15 日，记者来到了怒江州最大的易地扶贫搬迁安置点——泸水市城墙坝安置点，参观这里正在开展的"119"消防安全宣教活动。

山民"下山"安居，消防有了新难题

目前城墙坝安置点有 1 万多名安置群众，大约是怒江州全部易地扶贫安置群众的十分之一。

安置点中保存的怒江传统农居。

搬迁难，适应新居生活更难。怒江州农村传统的"火塘文化"和农业习惯，让很多安置群众的生活方式还停留在大山中。如何让这些刚刚走出大山的安置群众适应社区生活，学会消防安全常识，是摆在泸水市消防救援大队面前的一道难题。

据怒江州消防救援支队支队长何东介绍，在城墙坝安置点启用后的短短一个月里，安置群众出于对新事物的好奇，将社区内近90%的灭火器耗尽和损坏。当地消防部门不得不斥资70多万元重新更换消防设备。随着"消防守护"计划的推进，目前城墙坝安置点的消防设备损坏率已经降到了5%。

另外，在怒江州其他安置点，记者曾发现有安置群众在公共空地上支起大锅熬制漆油（当地一种食品辅料）。看着灶里的噼里啪啦火星和锅中泛起的白烟，可见当地消防部门的民族群众消防安全教育工作着实不易。

多手段创新，消防工作有了新路子

城墙坝安置点居住着多个少数民族的群众，很多人不会说也听不懂汉语，这让消防宣教工作遇到了很多难题。为克服这些困难，泸水市消防救援大队采取了多种创新宣传形式，让消防安全知识真正入耳、入脑、入心。

在城墙坝安置点向群众赠阅消防安全材料。

在城墙坝安置点记者见到了一支特殊的志愿消防宣传队伍——当地知名民族文化艺术团"九九艺术团"。他们用当地少数民族语言演唱消防安全宣教歌曲，引得安置群众纷纷驻足观看。

据云南省消防救援总队新闻宣传处处长章黎介绍，泸水市消防救援大队为了增加群众接纳度和学消防的热情，积极挖掘民俗艺人，将少数民族文化融入日常消防宣传活动和公益演出中，取得了很不错的效果。

"爱心超市"是怒江州安置点一种社区管理奖励手段，安置群众可以根据日常的文明行为得到积分，并用积分在"爱心超市"兑换日用品。

为了提高安置点群众学习消防安全知识的积极性，泸水市消防救援大队与安置点管委会协商，将印有消防安全知识的水杯、雨伞等日常生活用品放上"爱心超市"的货架，将参加学习消防常识、消防知识考卷成绩等内容也纳入"爱心超市"积分

泸水市志愿消防宣传队"九九艺术团"。

评定标准中。

　　目前，泸水市安置点的群众已成功兑换消防类奖励日用品 426 件，当地安置群众对这种消防宣传形式很欢迎。

　　除了民族文化公益演出和"爱心超市"的积分兑换，"消防广场影院"也是安置群众最喜欢的消防宣教形式之一。因为过去习惯了村民讲习所的露天电影放映，比起家中的电视，安置群众更喜欢在社区的空地上集体观看电影。

　　为了迎合安置群众的喜好，怒江州消防救援支队与义务放映电影的放映员沟通，放映前增加了播放消防逃生自救常识内容 3 分钟。放映后，还向安置点群众赠送消防爱心小板凳、消防帐篷、雨伞等日用品。

　　截至今年 11 月，消防广场影院宣传活动在怒江州已经进行了 91 场次，近 3 余万人受教。

"消防守护"计划的两个"工程"

据悉，云南省消防救援总队助力怒江脱贫攻坚"消防守护计划"实施以来，怒江州火灾起数同比下降30%，直接经济损失下降26.5%，全州未发生伤人亡人火灾事故，有效防止了因火致贫、因灾返贫的现象。

城墙坝安置点的宣教工作只是"消防守护"计划的第一步中的很小一部分，该计划将在今年底前，完成"消防安全保底工程"，即力量进点、装备进村、培训进队、宣传进户；在2022年，也就是乡村振兴战略收官前，完成"消防安全达标工程"，即组织建设达标创建、制度建设达标创建、基础设施达标创建、能力素质达标创建，以此带动云南省农村消防工作全面发展，保卫和巩固脱贫攻坚成果。

- 02 -

壮怀激烈奋斗 真情永远相守

——2020"追梦火焰蓝"采访印象

·记者：张长山·

从北京到吉林，从吉林到江苏，从江苏再到湖南，记者一路采访，一路被感动着。11月6日到11月15日，记者随2020"追梦火焰蓝"采访团采访，见到了许多既平凡又伟大的消防指战员。他们用自己的行动默默地诠释着习近平总书记授旗训词精神，践行"对党忠诚、纪律严明、赴汤蹈火、竭诚为民"。采访结束，他们的故事依然在记者的脑海中闪烁……

不希望立功出名 只希望平安祥和

"要拼，就要拼尽最后一分力气；要博，就要博到无能为力！" 吉林省森林消防总队延边支队珲春大队二中队班长相清说。自2003年以来，相清在森林消防岗位

上一干就是 17 年，曾荣立三等功 3 次。刚刚，他又荣获"全国 119 消防先进个人"称号。

这些年，相清驻守的区域没有发生过大火灾，但他却参加了十多次跨区增援灭火战斗。2011 年，他和队友赴黑龙江灭火。浓烟滚滚、倒木遍地，他们手脚并用，在大兴安岭 70 度的陡坡上追击火头。一没水源，二没工具，他们只能把没燃尽的树放倒，再用土埋好，就是在这种情况下，相清带领大家硬是用手扒开草皮，将草皮卷成捆，连续奋战三昼夜，徒手开辟了 10 多公里的隔离带。

"大火中烧死的都是跑得慢的。" 相清对队友说。话糙理不糙，他们的工作有时候就是和死神赛跑。处置森林火灾，以火攻火是常用战术，相清是放火先锋员的不二人选，因为他技术过硬会放火，体能过硬跑得快。

训练中，相清对自己狠，对队友严。他告诫大家，良好的体能、精湛的技术，是对自己、对家人负责，更是保一方平安、完成抢险救援任务的保障。"作为应急救援的主力军、国家队，我们的职责和使命就是在危难时刻、在人民群众最需要的时候冲锋在前，刀山敢上、火海敢闯。"相清说。

2019 年 3 月 21 日下午，江苏省盐城市响水县天嘉宜化工有限公司化学储罐突

丁良浩在南京成了"明星"。

然发生爆炸事故。江苏省南京市鼓楼区方家营消防救援站站长助理丁良浩和队友接到上级命令后，顾不上吃饭，连夜赶赴响水增援。

整个战斗班共 8 人，除丁良浩外，大部分队员都是第一次参与这样重大的灭火救援任务。赶往现场的路上，丁良浩一再叮嘱大家认真检查胶靴、防化服，做好个人防护。

现场毒气弥漫、毒水横流，丁良浩和攻坚组的队员们不断深入核心区域，全力搜救被困人员，他们在废墟中仔细搜寻，寻找希望……

这样的硬仗丁良浩打过许多次。2007 年 7 月 15 日，南京最大的集贸市场金桥市场发生火灾，丁良浩冒着浓烟成功将 3 名已接近昏迷的被困人员救出；2008 年汶川大地震，丁良浩随南京消防支队驰援灾区……

丁良浩 2018 年 11 月被应急管理部消防救援局评为"十大杰出消防卫士"，2019 年 5 月被评为"中国好人"，2020 年 5 月被共青团中央授予"中国青年五四奖章"……他说："消防员的工作不仅是紧张刺激或者惊心动魄的，更多的是平凡的坚守和默默的付出。"

蔡瑞是北京市天安门地区消防救援支队故宫特勤消防救援站政治指导员，2019 年荣获第九届全国"人民满意公务员"和"最美应急管理工作者"称号，先后荣立个人二等功 2 次、三等功 5 次。

故宫特勤消防救援站建立以来，先后累计 200 多次受到上级表彰。在该站"荣誉满屋"的荣誉室里，蔡瑞却是一脸平静地说："我不希望有什么功劳，只希望我们守护的地方平安祥和、永无火警。

传承红色基因 守护人民安全

"我们每年投入力量超过 3000 人次，巡逻里程超过 1 万公里，相当于每年走完一次'长征'。其实，每一次使命的承担，就是每一次新的长征。老一辈长征的火种在心头，我们在征途上就不怕艰难与险峰！" 蔡瑞说。

故宫特勤消防救援站于 2019 年 12 月 31 日正式挂牌，原为故宫消防中队，是在

周总理的亲切关怀下成立的。半个多世纪以来，故宫消防指战员倍加珍视这一政治本色，驻故宫、守故宫、爱故宫。

"我们为什么能守住故宫消防安全万无一失？那是因为我们'冬凿冰、夏注水、春除草、秋清叶'，传承了各大宫殿'一口清'、手绘消防作战图的绝活儿；那是因为我们为每个宫殿制定了火灾扑救预案，用数字化沙盘推演，开展实战化演练，我们创新了'应急处置五套操法'、研发了'肘式水枪'、自制'重叠式水带推车'，提升了'一分钟'应急效能；那是因为我们日日备勤，夜夜坚守。"蔡瑞说。

改制转隶以来，故宫消防指战员瞄准"全灾种、大应急"，创新了 38 项基本功和 52 项实战操法，经常深夜负重爬景山，夏天马靴能倒出水，冬天汗水能结成冰。蔡瑞说："所有人都秉承一个信念：没有战功就是最大的战功！"

"伟人故里消防人、全心全意为人民"是湖南省韶山市消防救援大队的队魂。自 1957 年建队以来，该大队几十年如一日坚守初心使命，确保了韶山市 63 年未发生较大以上火灾事故。

韶山每年接待中外游客 2000 余万人次，对消防工作提出更高要求。该大队在景区设置了便民消防执勤点，启动了爱民巡查线，发起了"消防助你安全游"活动，向旅客发放"消防联系卡"，在天下韶山网作温馨提醒，并公布报警电话和服务内容，第一时间提供救助服务。

2017 年 7 月，韶山市遭受百年一遇强降雨，该大队指战员闻警而动，先后转战杨林、清溪、如意、银田等地，连续奋战 18 小时，营救被困群众 82 人，转移遇险群众 165 人，用实际行动交出了一份令群众满意的答卷。

2019 年 9 月，一对来韶山旅游的父子不慎失足落入毛主席故居前的荷花塘中。该大队消防员闻讯后，立马中断训练，赶到现场，及时将落水父子救起，成功避免了溺水悲剧的发生。

吉林省森林消防总队延边支队珲春大队，辖区与俄罗斯、朝鲜相连接，最东边的防川值勤点能做到一眼望三国。

受生产方式影响，邻国常常放火烧荒，这就易造成"外火犯境，内火频发"之势。

结合实际，珲春大队在防川国家级景区设立了森林消防救援站，在开展防火执勤和救援的同时，为游客提供帮助。

该大队秉承"祖国绿色一寸不丢"的理念守护边境，被评为"吉林省连续 30 年无重大森林火灾先进单位"。

爱上"火焰蓝" 爱上守护平安的人

原兆华小心翼翼地搀扶着丈夫李杨，让他在椅子上坐好，然后悄悄地把拐杖移出采访团记者的视线。

原兆华小心翼翼地将丈夫李杨扶到座位上。

原兆华，2011 年入党，吉林省延边州消防救援支队防火监督科专业技术二级指挥员。李杨，2009 年入党，现为延边州消防救援支队参花街特勤站副政治指导员。李杨因训练受伤动了手术。受伤前，他与队员连夜背回 4 名在山里采蘑菇迷路的老人。

原兆华有时候会在单位的指挥屏上看到李杨。"担心、心疼、着急等心情都有，

但消防救援就是他的工作。孩子有病他不管，老人有病他有事，我生孩子他救人……我理解他，看到他帅帅的'逆行身影'，我就自豪。"原兆华说。

原兆华和李杨的爱和许多消防员夫妻的爱一样，有浪漫、有深情，更有奉献和牺牲。

换上战斗服，拿上灭火器，1分钟内到达火场中心点，其余队员协助疏散游客，5分钟后，火被及时扑灭。这是湖南韶山景区女子志愿消防队灭火实战演练的一个场景。每天下午4点，这支消防娘子军都会组织一场灭火实战演练。

这支娘子军成立于2009年9月30日，是湖南省首支女子志愿消防队。在2010年的全国防火墙试点现场会上，女子志愿消防队员娴熟的消防技能、飒爽的巾帼英姿得到了与会人员的一致称赞。

韶山景区女子志愿消防队担负着扑救景区初起火灾事故和引导游客紧急疏散的重任。今年以来，该队落实重点部位常态化防火巡查，排查隐患100余次，发现并整改消防隐患20处，及时消除馆区存在的流动安全隐患。她们将消防小提示、小知识融入讲解中，提醒游客时刻注意消防安全，解答旅游常见问题。

"你为什么要当消防志愿者？"记者问正在参加演练的小胡。她答："不爱红装爱武装，我穿上消防服是不是更妩媚？"

不远处，有游客正对着值勤的队员拍照。全副武装的她们俨然成了景区里最美的风景。

- 03 -

提升新技能 勇攀新高峰

—— 2020 "追梦火焰蓝" 采访掠影

·记者：孟德轩·

为适应"全灾种、大应急"任务需要，国家综合性消防救援队伍正在加快转型升级，广大消防救援指战员牢记训词精神，对标新的职能定位进行探索、实践。在国家综合性消防救援队伍组建2周年之际，本报记者深入基层一线，对各地消防救援队伍展开采访，记录下了"火焰蓝"在新时代勇攀高峰的故事。

"全灾种、大应急"老消防员有了新技能

随着队伍转型升级和"一主两辅、一专两能"目标任务的下达，四川省森林消防总队特勤大队力争成为森林消防队伍转型升级的排头兵，逐步将自身职能扩展至水域救援和地震救援等新领域。

新领域太陌生，指战员有本领恐慌怎么办？"人员实装实训、设备实测实练、战法实操实演"这18个字成为特勤大队破解新科目难题的钥匙。

今年8月，特勤大队将水域救援训练场地放在了沱江和三岔湖水域，通过为期20天的场景式教学、分布式操作、交流式研讨、无脚本演练，全面提升了消防指战员在陌生、复杂水域的救援能力。

8月16日，四川省金堂县遭遇暴雨，9个街道和乡镇遭遇洪灾，4万余名群众被困，特勤大队接到上级指令后前往一线救灾。虽然受灾地区地形复杂多变，冲锋舟时常搁浅，水中有危险的暗坑，但凭借在日常训练中练就的真本领和"刀山敢上、火海敢闯"的战斗精神，特勤大队成功完成了抢险救援任务。

打造精兵劲旅 助力"五飞"上线

面对四川省各类地质灾害多发、抢险救援任务繁重的现状，自2018年起，成都市消防救援支队严格选拔，抽调精兵强将，逐步组建了五支"一专多能、机动灵活、快速高效"的"飞系"救援队伍。他们分别是"飞豹"地震快反救援队、"飞鲨"供水排涝救援队、"飞猫"高空绳索救援队、"飞龙"水域灾害救援队和"飞鹰"航空救援服务队。其中，"飞豹"承担重特大陆上地震灾害、地质灾害、建筑物垮塌事故的先期突前侦察和整体快速搜救任务；"飞鲨"承担大型灾害现场远程持续供水和严重洪涝灾害大功率吸水排涝任务；"飞猫"承担城市及户外的高空、高角度、大跨度、高落差、受限空间等全地形绳索救援任务；"飞龙"承担江河湖溪、人工水库、

森林大火逼近，四川省凉山州消防救援支队指战员在现场坚守。

泛洪区、内涝区等水域水面人员搜救和水下潜水打捞任务；"飞鹰"承担灾情空中侦察、力量快速投送、人员紧急转移、空地一体救援等空中救援任务。

5年来，着眼于"全灾种、大应急"任务需要，四川省消防救援总队还组建了地震、石化、水域、山岳、核生化、战保、重型机械7大类29支专业队伍，全面提升了重特大事故灾害处置能力。

巧用"大数据" 迈向新高度

近年来，贵州省贵阳市消防救援支队利用"大数据"技术，有力提升了城市灭火救援水平。该支队的灭火救援指挥系统可概括为"一个中心，四朵云"，即消防块数据指挥中心，外加一体化灭火救援指挥平台、物联网消防管理平台、队伍智能管理平台、红门政教、干部绩效考评和"三重一大"系统汇集起的指挥、监管、党建、队管"四朵云"。在贵阳市消防救援支队指挥中心，记者看到，从报警、接警、下发指令到出警，前后不超过3分钟。同时，在这么短的时间里，指挥中心还可以向前线指挥终端发送火场相关信息，为前线指战员制定灭火救援作战方案提供帮助。

而这一切得益于贵阳市消防救援支队建立的一体化灭火救援指挥平台，它储存了贵阳市 2754 家重点单位火灾预案，26890 份音频、视频、照片，7456 条市政消火栓实时信息，实现了车辆、人员、水源、预案、实时路况、视频监控智能化实时调度指挥。

"辖区内任何重点单位着火，与其相关的所有数据信息都能调出来。"贵阳市消防救援支队作战训练处副处长郭又元告诉记者，以前他们做灭火预案，需要一页一页翻各种纸质资料，现在在手机上动动手指就能轻松查到信息。这让出警的消防指战员作战更有力，安全更有保障，实现了前线决策辅助"全、快、准"，指挥调度更科学合理。

组建微型消防站 确保社区安全

花果园是贵阳市人口密度最大的社区，这里有 200 多栋高层建筑，居住着 50 多万居民，有的居民楼高达 46 层，是个典型的"高大密"社区。如何保障这里的消防安全，是社区管委会和物业公司必须面对的难题。

为了守护社区消防安全，花果园社区建立了 23 个微型消防站，每个消防站配备 12 名有经验的退伍消防员， 6 人一班，全天值班值守。这些专职消防队可以在 3 分钟内到达社区内的任何火灾现场。去年，花果园微型消防站队员共出警 250 余次，成功处理多起初起火灾。5 年来，花果园社区没有发生过一起有人员伤亡的火灾。

此外，花果园社区还安装了 8253 套电气火灾监控系统、30271 个剩余式电流互感器、21057 个温度传感器，这里正在用智慧消防系统的"技防"代替传统的"人防"。如今，花果园社区的防火栓只要水压有异常，社区大数据中心都会接到自动报警，消防设施故障维修时间也从 2 天缩短为 3 小时，隐患排查效率得到了大幅提升。

从山村到社区"消防守护"助力脱贫

云南省怒江傈僳族自治州是国家级深度贫困地区"三区三州"之一。为了啃下这块脱贫攻坚"硬骨头"，怒江州已将占总人口近五分之一的易地扶贫搬迁对象"搬

消防员在怒江州安置点扶贫车间讲消防。

出大山，迁入新居"。

　　但怒江州农村传统的"火塘文化"和农耕习俗，让很多被安置群众不能立刻适应社区生活，而留在山中的村民也对消防安全知识缺乏了解。为了巩固脱贫攻坚成果，

云南省怒江州消防救援支队在扶贫安置点开展消防安全宣教活动。

云南省消防救援总队今年启动了助力怒江脱贫攻坚"消防守护"计划。

根据"消防守护"计划安排，今年 6 月以来，云南省消防救援总队抽调 80 名消防业务骨干组成服务队，分两批进入怒江州各村镇，开展了为期 3 个月的"四个一"消防服务活动，实现器材进村、力量进点、培训进队、服务进户。

服务队队员下沉到一线，深入到村民家中，一对一、面对面、手把手教村民防火灭火知识。此外，当地民族文化艺术团和"非遗"传承人也在消防队伍的组织下，加入到消防安全宣传中来。服务队还制作了大量双语宣传手册和海报发放至安置地居民和山中村民手中，帮助不懂汉语的少数民族群众掌握扑救初起火灾和自救逃生知识技能，使他们从消防"零认知"向具备基本消防安全素养转变。

据悉，"消防守护"计划实施以来，服务队防火知识宣传已覆盖怒江全州 84% 的村寨，培训少数民族群众 2.6 万人。怒江州今年火灾起数和直接财产损失分别同比下降 30% 和 26.5%，有效杜绝了因火致贫、因灾返贫现象。

三等奖

2020 年度应急管理好新闻获奖作品

2020 年度
应急管理好新闻
获奖作品

新华社

有他们在 就有希望

—— 获救者亲述福建泉州酒店坍塌事故经历

·记者：林凯 颜之宏·

　　2020 年 3 月 7 日，福建新冠肺炎住院病例"清零"当晚，新冠肺炎疫情定点隔离酒店——福建泉州市欣佳快捷酒店发生坍塌事故，导致多人被埋。3 月 9 日，新华社记者在泉州市的福建医科大学附属第二医院采访了部分获救者，他们向记者讲述了事发时的经历。该报道从获救者的视角出发，突出消防救援人员不顾个人安危，守护百姓生命财产安全的感人细节故事，紧抓振奋人心、提振信心的瞬间，弱化突发事件的负面效果，抚慰困境中受众恐惧、恐慌的心情。一经新华社多渠道推广发布，即被各类平台用户、传统用户以及新媒体用户转载，引发观众热议。有网友留言："虽然这是一起不幸的事故，但是消防救援人员创造出了更多的生命奇迹。"

致敬！火焰蓝

·记者：李曼为 于浩 李雪峰·

【导视】

解说： 危险来临，他们是百姓身边的守护者，用生命诠释了人民至上！

王璇： 你不是总叫我新兵吗？就让我这个新兵再给你敬个礼。

解说： 脱下橄榄绿，穿上火焰蓝，转变是身份，不变是责任！

琼色： 两年来的探索实践，充分印证了我国应急管理体制和应急救援体系改革成效。

《致敬！火焰蓝》

演播室一

大家好！欢迎收看《经济半小时》。今天是个特殊的日子，我们要关注一群特殊的人，两年前的今天，习近平总书记向国家综合性消防救援队伍授旗并致训词，组建成了一只新的国家应急救援专业队伍。两年来，在抗洪抢险一线，在重大灾害现场，在抗击疫情前沿，随处可见"火焰蓝"的身影，他们赴汤蹈火，用忠诚担当书写着最美"逆行者"的职业荣光，用生命守护着人民群众。在"11·9全国消防日"这个特殊的日子里，我们的记者走进了这个群体。

【字幕】2020 年 11 月 5 日　应急管理部

【报告会现场同期】安徽省合肥市庐江县庐城消防救援站副站长 常青

陈陆教导员已经离开我们三个多月了，每当想起那个永生难忘的战斗，那个生离死别的瞬间，我的心里都特别的痛，都特别的难过。

【解说】2020 年 11 月 5 日上午 10 点，国家应急管理部礼堂座无虚席。"中国消防忠诚卫士"陈陆同志事迹报告会，正在这里召开。在现场，应急管理部党组成员及上百名消防指战员认真聆听着烈士的事迹。

【字幕】2020 年 7 月　安徽省 庐江县

【解说】2020 年 7 月 18 日，安徽省庐江县遭遇特大暴雨袭击，多地险情频发，22 日早上 8 点，庐江县同大镇石大圩突然溃口，大量洪水瞬间涌入圩区，数千名群众被困，同大镇告急。上午 10 点，陈陆他们将第一拨被困群众送上岸，此时陈陆双腿红肿严重，行动已经非常迟缓。战士们让陈陆下船休息，但被拒绝了。

【同期声】安徽省合肥市庐江县庐城消防救援站指导员 邵将

（当时我们已经救了 4 天）几乎是 24 小时。我曾经劝过他，我说教导员我换你，他说不需要。

【解说】不知疲倦的他，其实一直靠意志坚持着，随后迅速掉头返回继续展开营救。再次返回时水流突然加大，远处的溃口被河水撕开，正在封堵溃口的挖掘机被冲下去一百多米。溃口从几米一直扩大成几十米，洪水像脱了缰的野马横冲直撞，圩内水位陡然上涨，在缺口处形成了可怕的滚水坝，危险骤然来临。就在此时，险情发生了。

【报告会现场同期】安徽省合肥市庐江县庐城消防救援站副站长 常青

掉头！掉头！快掉头！教导员当时大喊！可是已经来不及了，橡皮艇从滚水坝上一头栽下去，我在船头猛地被抛了出去，就砸进了水里。教导员大喊："常青！"他下意识想去拉我，可一瞬间橡皮艇就整个侧翻，所有人被卷入水底。

【搜救现场】"教导员！教导员！"夜晚搜救呼喊的现场声音

【同期声】安徽省合肥市庐江县 副县长 孙明

一直到（7 月）24 日。陈陆同志的遗体打捞上来，心里一时……应该讲，从我个人来说就是承受不了的。然后去呼唤他的名字，想让他早点回来。真的认为他可能就是挂在哪个地方呢？或者飘到哪个地方去，就到目前为止接受不了。

【解说】陈陆的遗体被找到那天，庐江的天空依然下着雨。庐江大队的队友们清楚地记得，过去四天里，行程 600 余公里，辗转 5 个乡镇，出警 400 多次，解救和疏散群众 2 千多人。

作为救援队伍定盘星的陈陆，始终在救援一线奔忙。救生艇里、堤坝上、群众家到处都能看到他的身影，但谁也没有想到这竟然是他最后一次战斗。

【报告会现场同期】安徽省合肥市庐江县庐城消防救援站副站长 常青

教导员离开的那个晚上，我们举行了一个简朴的告别仪式，大家静静地围坐在一起，相目无言，泪流满面。我们点亮了队里所有的灯，想请他再看一眼，这熟悉的营区和牵挂的战友们。

【解说】这里是庐江县庐城消防救援大队，2015 年，陈陆被调往庐江消防大队任教导员，在他的办公室一角，这处不到十平方米的空间就是宿舍，一张一米宽的硬板床，一张专门放置灭火服的床头柜，一张磨破皮的换衣服凳子，就是全部家具。但从此，这个没有窗户的"家"，陈陆一睡就是五年。在战友眼中，陈陆是他们生活上的好大哥，工作上的好领导。

（转场）

【字幕】安徽省合肥市庐江县庐城消防救援大队

（转场）

【解说】2020 年 7 月 27 日上午，陈陆的追悼会现场，曾经的队友们来了，庐江县同大镇上的老百姓来了，妻子王璇在家人的搀扶下，第一次见到再也不能醒来的丈夫，泣不成声。

【同期声】妻子追悼会痛哭现场

【现场同期声】陈陆妻子 王璇

陈陆我会把宝宝好好带大，特别好特别好的带大！我也会把老爸老妈照顾好的，你放心！你一定要放心！我永远想你

【解说】这是陈陆一家唯一的一张全家福，陈陆是无畏的英雄，英勇的战士，

但在家人眼里，他是儿子、是丈夫、是父亲，更是家里的顶梁柱！在陈陆的心里，是亏欠、是遗憾，而在他妻子王璇的心里，是理解、是骄傲、更是深深的思念。

【解说】王璇是合肥（公安）边检的一名民警，丈夫陈陆是消防大队的指挥官，夫妻两人结婚以来，虽是同在一个城市，陈陆总有忙不完的事，陈陆不止一次和妻子谈心，总说对于父母和孩子他亏欠太多。2020 年 7 月，陈陆被国家应急管理部追授为烈士。

【报告会现场同期】

陈陆你知道吗？习近平总书记接见了我，他的眼神那么的慈祥，让我感受到了温暖，那一刻我觉着你就在我的身边。我是和你一起，和你一起在改革转隶以后依然忠诚奉献，逆火而行的几十万消防指战员一起接受了接见。

陈陆你放心吧！组织很关心我们，你的兄弟也很关心我们。你不是总叫我新兵吗？就让我这个新兵再给你敬个礼。 （音乐 慢放）

九江支队部分

【解说】进入到 6 月以来，三江之口七省通衢九江市，暴雨连绵，洪水发难，防汛形势异常严峻。2020 年 7 月 8 日清晨，肆虐的洪水向着江西省九江市大港镇的盐田中学咆哮而来，眼前的景象让师生们惊呆了。

【同期】江西省九江市都昌县盐田中学 老师 沈文锦

20 多米长的那堵围墙，轰然倒下！

【解说】在都昌县迎宾大道消防救援站值班的向卫强接到上级命令，火速奔赴盐田中学提供救援。可此时，洪水上涨的速度远远超过了大家的想象。仅仅半个小时，水位就上涨到了成年人的腰部，按照这样的速度，不出 6 个小时，盐田中学将全部被淹没。

【同期】江西省九江市消防都昌县迎宾大道消防救援站 副站长 向卫强

他那个学校是在地势最低的一个地方，然后这个水直接就往这里面灌。

【解说】危急时刻，消防员迅速利用橡皮艇转移被困学生，但一艘橡皮艇最多只能载上 12 个人，两艘橡皮艇要带 471 名师生平安撤离。此时洪水仍在不断上涨，一场与时间赛跑的营救开始了。

【现场同期】

现场同期 "一、二、推！" "一、二、推！"

【解说】向卫强和队友们用最快的速度冲到教室，把学生们一个个安置在橡皮艇上，拖拽出最危险的地带，留给大家的时间不多了，拼尽全身力量和逆流的洪水做着抗争，一旦行动慢一分钟就会有生命受到威胁。

学校门口由于地势低洼形成了漩涡，三处水流一起往校园倒灌，水位疯狂上涨，而消防队员们必须往返 40 多趟，才能营救出盐田中学的 400 多名师生，此时大家的体力与耐力都已经到达了极限。

【同期】江西省九江市消防都昌县迎宾大道消防救援站 副站长 向卫强

我就想的是我不能放手，因为我一放手他们就被冲走了。

【解说】在洪水中奋战了 5 个多小时，向卫强和他的队友们成功转移出了 441 名学生和 30 名老师。

【同期】江西省九江市都昌县盐田中学 老师 沈文锦

艰难地一步一步地把我往外推的时候，他们才是真正的逆行者，是真正的英雄！

【解说】九江市消防救援支队的指战员们，不负"火焰蓝"，他们用身躯为师生托举起一艘稳如泰山的生命之舟，把"生死无畏"写在了盐田中学 400 多名学生的心里。

面对今年（2020 年）严峻的防汛救灾形势，他们闻汛而动、向险而行、冲锋在前，守护着江西北大门 1.9 万平方公里土地和 520 余万群众的平安，营救疏散遇险被困群众 1.3 万余人，实现营救疏散人民群众 "零遗漏、零伤亡、零事故"，以血肉之躯构筑起一道道"橙色堤坝"。他们是信仰如山、信念如磐的忠诚卫士。2020 年 8 月 31 日，中宣部授予江西省九江市消防救援支队 "时代楷模"称号。

【同期】江西省九江市消防救援支队 支队长 马剑明

接下来更要我们以更加坚定的行动，更加务实的作风去积极努力拼搏！

【解说】"刀山敢上，火海敢闯，召之即来，战之必胜！"是消防员们的勇气与担当。

龙岩消防支队部分

【字幕】2020 年 7 月 12 日 10 时 12 分　福建省龙岩市

【解说】2020年7月12日，上午10点12分，福建省龙岩市新罗区东宝山工业园一新能源化工厂储罐突然爆炸起火，爆炸声接连不断，厂区火光冲天，远远便能看到滚滚黑烟。

厂区东北、西南面有十余家企业，西北面不远处就是一个大型住宅小区，一旦火势失控蔓延，后果不堪设想。

情况紧急，龙岩市委、市政府就地成立事故应急处置指挥部，组织消防、应急、卫健、公安等相关部门迅速开展灭火救援，并将事故单位、周边企业及居民疏散撤离至安全区域。

【现场同期】

现场调度画面或各部门行动画面（保留现场同期声）

【解说】由于事故现场只有一条路，弯多、坡陡、路窄，而且储罐区内部环形道路受到烈焰炙烤，环境温度非常高。

爆炸、热浪和流淌火，对参战指战员安全形成了严重威胁，急处置指挥部决定在高风险阵地部署消防机器人、遥控水炮参战。

【现场同期】龙岩消防救援支队新罗区大队副大队长 许培炜

把里面那台小的撤出来，因为它温度比较高，容易把它烤坏掉。

【解说】

灭火行动仍在持续，由于起火罐区周边建筑、护坡以及储罐之间相互遮挡，加之起火腾起的滚滚浓烟，从地面观察很难确定着火点，消防员只能在外围控制火势，无法对火点进行精准歼灭。

此时，消防员升起了无人机，通过可见光、热成像双波段对火场进行立体侦查，图像实时传输到应急处置指挥部以及每名指挥员的手机App端，指明火点和高温区域。

【现场同期】

无人机操作画面或手机App引导画面（保留现场同期声）。

【解说】无人机确定了着火点，指挥部明确了作战任务，灭火进入攻坚阶段。消防员兵分夺路展开攻势。

【现场同期】再往前推，往前推，太热了这边。

【解说】消防员经过几轮与火神的较量，火势慢慢得到控制，而此时轮换下来的消防员身上已经沾满泥水和烟尘，双脚已被汗水浸泡得变了颜色。

【现场同期】看看我的脚，我脚就成这个样子了。

【解说】救援一直持续到深夜，燃烧和零星爆炸的声响混杂着划破夜空。经过白天的战斗，此时消防指战员体力消耗巨大，已经达到极限。

【现场同期】就打这个火罐，那个不管，先打小火罐。

【解说】7月13日7时10分左右，经过消防指战员近21个小时的战斗，最后一个起火罐残火被扑灭。

【采访】福建省龙岩市消防救援支队 支队长 胡建峰

这次事故是对消防队伍改革转隶后战斗力的一次检验。

武汉支队部分

【解说】今年年初，一场猝不及防的新冠肺炎疫情席卷全国。作为全国疫情中心城市的武汉疫情的防控形势异常严峻。为缓解病床紧张、患者收治难问题，党中央果断做出建设方舱医院的决定。

在这场没有硝烟的战场上，一只八名消防员组成的"防火监督先锋队"临危受命，担负起方舱医院消防安全的重任。

杨欣，入伍16年，参与了百余次灾火救援。可相比，这场没有硝烟的战斗，更让他刻骨铭心。

【同期声】武汉市消防救援支队火灾调查处副处长 杨欣

每天都要出入到方舱医院里面，检查、排查消防设施。

【解说】初次进入方舱医院，里面的复杂程度是杨欣他们始料未及的。纵横交错的隔板、数百张病床，为避免空气传播感染，舱内并未开启中央空调，患者取暖主要靠电热毯，大功率用电和电线密布带来极大消防安全隐患，消防员穿着密不透气的防护服，一遍遍地巡查，不断提醒大家用电安全。

【巡查现场同期声】

这里只是接水，水不要在这里倒。

因为用电安全这个很重要，水进去容易短路好吧，跟大家都传达到。

好好好

【解说】保障消防设施正常运转、确保疏散通道畅通、消除火灾安全隐患、对医生、患者进行消防安全宣传，是这支"防火监督先锋队"每天的必修课。每天这一套检查培训程序走下来，至少得花上 4 到 5 个小时，中途不能喝水，甚至连午饭也顾不上吃上一口。看似普通的工作，但承受的压力和工作强度是常人无法想象的。在这样的工作条件下，突击队员上百次出入方舱医院，在方舱医院坚守了 75 天。

当八勇士坚守在方舱医院时，武汉消防救援支队的另外一支小分队正奋战在医疗废物转运的最前线。陈建和队友每天都早早来到医院，把一桶桶医疗废弃物，搬运到 40 公里外的蔡甸区千子山处理站，最多的一天搬了 100 多桶。

一桶医疗废弃物，轻则二三十公斤，最重的能有七八十公斤，需要三四个人才能抬起。装桶、卸桶、装车、转运，35 个日夜里，陈建和队友就是这样顶着巨大的精神压力和身体压力，坚持战斗着。而那段特殊时期的经历也将永远成为他们生命中不可磨灭的记忆。

【同期声】武汉市消防救援支队特勤一站站长助理 陈建

我们也必须把这些医疗废弃物

第一时间转完

如果我们不转完的话

那么这些医疗废弃物

就可能造成二次感染

【同期声】湖北省武汉市消防救援支队重点保卫处 一级指挥员 袁铁成

在这样一场灾难面前，我们作为国家队、主力军，我们就应该冲在一线，我们就应该尽自己的力量，做出自己的贡献。

【解说】他们把名字定格在了无数次的水火鏖战当中，也镌刻在了江河湖泊咆哮的激流里。他们是洪水到来之前我们所看到的坚强力量，是洪水到来之后，挡在我们面前最后的那道堤坝，是风雨压顶时我们的头顶那片护佑的天空。

（转场）

【字幕】2020 年 11 月 5 日　北京

【解说】2020 年 11 月 5 日，国务院新闻办公室举行新闻发布会，应急管理部党委委员、消防救援局局长琼色介绍了国家综合性消防救援队伍的最新情况。

【同期】应急管理部党委委员 消防救援局局长 琼色

我们着眼"全灾种"救援任务，全国布点组建了 8 个机动专业支队，各地分类别组建了地震、水域、山岳、洞穴等专业救援队 2800 余个，建设了南方、北方空中救援基地。

【解说】琼色介绍说，两年来，消防救援队伍装备建设，技术能力、科技化水平得到显著提高。消防救援系统共接警出动 261.6 万次，营救和疏散遇险群众 123.7 万余人，有效应对处置了江苏响水"3·21"爆炸、四川长宁 6.0 级地震、超强台风、严重洪涝等一系列重大灾害事故。

【同期】应急管理部党委委员 消防救援局局长 琼色

两年来的探索实践，充分印证了我国应急管理体制和应急救援体系改革的成效，让我们更加坚定了改革信心和努力方向。

【半小时观察】用生命捍卫人民利益！

我们都知道这个世界上并没有天生就是英雄的人，他们和芸芸众生一样，原来可以享受平凡的幸福生活，但就是这样一群特殊的人，他们肩负了不平凡的使命，成为一名消防员，信念让他们不惧危险，是责任，让他们从没有选择过后退。

所谓的岁月静好，其实是很多不平凡的人在百姓的背后默默地承受与付出。在我们享受幸福生活的时候，我们需要向这些负重前行的特殊群体道一声谢谢！为人民付出，人民也一定会把你们牢牢记在心里。

中央广播电视总台央视

应急管理部：部署开展 2020 年度 "119" 消防宣传月活动

·记者：范晓 张仁榆 梁岳·

【导语】

11 月 1 日至 30 日应急管理部在全国范围部署开展了 "119" 消防宣传月活动，一起关注消防，生命至上。

【正文】

应急管理部消防救援局日前下发通知，11 月 1—30 日在全国范围部署开展 119 消防宣传月活动，活动的主题是关注消防，生命至上。在湖北汉江消防救援支队积极发动辖区各街道办事处工作人员、社区网格员及消防志愿者开展邻里守护、消防社区行隐患大排查活动，拔除社区隐患顽疾，守护居民生命财产安全。

【分标题】湖北仙桃：开展社区消防安全检查 守护居民生命财产安全

【同期】湖北省消防救援总队汉江支队仙桃大队 消防监督员 刘群

这些社区里有一些小作坊往往消防设施不健全，一旦发生火灾，极易造成人员伤亡。我们重点对这类场所加强消防宣传和检查，营造良好的安全生产环境。

【分标题】天津：消防宣传深入老旧居民区 应对厨房火灾高发态势

【正文】

天津消防救援总队力促消防宣传、聚人气、接地气，提高广大群众消防安全能力，全面助推辖区火灾防控工作纵深开展。同时对厨房火灾高发的现状，深入辖区消防安全管理相对薄弱的老旧居民小区，对居民开展油锅着火处置进行培训，并邀请现场群众亲身体验。

【分标题】江西："四位一体"应急救援综合演练圆满开展

【正文】

近日，江西多部门开展"四位一体"应急救援综合演练。演练采取无预演方式进行，模拟在高速路上，一辆小型轿车因车速较快，与一辆突然变向的大客车发生追尾，小型轿车车主受伤严重，腿部被卡。

【现场】

能出来吗？

出不来，我的脚卡到了。

【正文】

接到 110 报警中心指令后，高速交警立即前往事故现场进行交通管制，快速设立事故警示隔离区，对后行车进行分流，防止二次事故的发生。随后，消防、医疗等救援人员赶赴现场排查隐患，解救伤员。交警同步进行事故勘察、提取证物，对后续工作进行处置。整场演练衔接紧密，在最短的时间内完成各项处置工作。

【同期】江西省丰城市消防救援大队 消防员 余健

"四位一体"综合演练，目的就是通过无预演的实战检验，全面提升预警能力、快反能力、协作能力和处置能力，全力为人民群众生命保驾护航。

【分标题】广西柳州："119"消防宣传月活动顺利举行

【正文】

11 月 3 日，"消防达人风采秀 全民参与共平安"暨 2020 年"119"消防宣传月启动仪式在柳州市人民广场成功举办。活动现场精彩纷呈。活动期间，现场群众还积极参与了消防操法演练、火场逃生等活动。推动了市民关注消防安全、支持消防工作。

光明日报

中国消防救援力量到底强在哪里

—— 写在第 29 个全国消防日

·记者：彭景晖·

湖北省消防救援总队举
办练兵比武。应急管理
部消防救援局提供

江西省赣州市消防救援
支队实战练兵比武竞
赛。应急管理部消防救
援局提供

宁夏中卫市消防救援支队消防员进行"单绳速降"科目训练。应急管理部消防救援局提供

消防救援，人与灾难之间的安全庇护。它多坚固、多及时、多有力，直接关系到人的安全、健康与幸福。

消防救援队伍，一支在人民群众最需要的时候冲锋在前的队伍，救民于水火，助民于危难。他们有多勇敢、多强大、多先进，体现着一个国家面对突发事件的应对能力、迎难而上的决心。

今天是第 29 个全国消防日。国家综合性消防救援队伍组建两年来，以灾情为动员令，以险情为冲锋号，始终奋战在人民群众最需要的地方。在践行"对党忠诚、纪律严明、赴汤蹈火、竭诚为民"誓言的日子里，在应对"单一灾种"向应对"全灾种"职能转变的道路上，这支队伍边改革边应急，边学习边冲锋，笃定执着地坚持着自己的追求，探寻着大国救援力量的发展路径。

1. 追求救援效率和人民至上的价值观

关键时刻能否及时反应，不同灾种能否从容应对，考验着一个国家的应急救援能力。这是应急管理部成立后消防救援部门的重要突破点。

2020 年 6 月 14 日 8 时 50 分，热带风暴级台风"鹦鹉"在广东省阳江市海陵岛登陆，一场应对超强台风的硬仗上演。这是我国消防救援队伍提升应急反应速度、抢险专业能力、协同作战水平进程中的一个战例，受助群众切身体会到了踏实的安全感：

13 日 8 时 30 分，广东省海洋预报台发布警报，随后广东省立即召开三防工作视频会议，部署防台风措施，广州、阳江、茂名、湛江、云浮、江门、珠海等地迅速部署迎战；

13 日 17 时，广东省三防办、省自然资源厅、省应急管理厅启动海洋灾害 Ⅳ 级应急响应；

13 日 20 时，广东省消防救援总队按照"登陆圈""影响圈""支援圈"等梯次集结阳江及周边消防救援力量，派遣综合应急救援机动支队分别在阳江市区、东平岛以及地质灾害高发的阳春、阳西驻扎；

13 日 20 时 30 分，江门市消防救援支队抗洪抢险第一突击分队携带冲锋舟、橡皮艇、机动链锯、无人机、卫星电话等水域救援装备连夜赶赴台山执勤点备战；

14 日 2 时 30 分，广州市消防救援支队抗洪抢险突击队到达阳江，他们于 13 日 21 时从广州消防培训基地出发，配备有先进的救援器材；

14 日 8 时 50 分，台风"鹦鹉"登陆。台风登陆点，阳江市消防救援支队 78 辆消防车、413 名消防员及政府专职消防员已秣马厉兵、枕戈待旦。"我们全员在岗在位，冲锋舟、救生衣、救生绳等救援设备早已上车上架。"阳江市消防救援支队队员申玉博与队友随时准备发起冲锋。

这 24 小时里，政府部门、社会力量都动员了起来，渔民撤离、渔船加固、群众转移工作同时进行，独居老人、伤残人士、留守儿童等特殊群体的转移被作为重点工作来推进。

钢铁队伍往前线冲，人民群众往后方撤，所有环节争分夺秒而井然有序。强台风面前，保护人民群众生命财产安全的坚实防线就这样迅速构筑完毕；在与时间赛跑的高速运转中，一个国家应对灾害的应急救援行动显得从容又有温度。

2. 破解跨区域联动一盘棋的实际难题

救援力量的跨区域联动是世界难题，一些幅员辽阔、地形复杂的国家，都在寻找适合本国的行动方案。应急管理部组建以来，中国消防救援队伍跨区域救援行动逐渐增多，经验在不断积累，日渐成熟。

在抗击"利奇马""山竹"等台风及江苏响水天嘉宜化工有限公司"3·21"爆炸事故处置中，广东、浙江、江苏等总队调动省内消防救援力量支援一线；在山东寿光洪涝灾害救援中，多地消防救援力量跨省驰援，实现跨区域联动。

而 2020 年，无疑是跨区域联动实战最为频繁的一年。仅在 7 月抗洪抢险的一个星期内，全国消防救援队伍就两次展开跨区域增援，这一指挥机制的效能充分显现：7 月 13 日，应急管理部紧急调派浙江、安徽、福建、湖北、湖南 5 省消防救援队伍驰援鄱阳湖抗洪一线；7 月 19 日，上海、浙江、山东、河南 4 省消防救援总队及南京训练总队驰援芜湖、阜阳、六安等地。

有效的指挥机制和行动方案，保证了救援任务顺利进行。在救援前线，消防救援局分别成立前方指挥部靠前指挥，局领导任负责人，特种灾害救援处、作战训练处、指挥中心、信息通信处、组织教育处、后勤装备处等协同作战。由于预置力量为跨区域联动提供了基础保障，"哪里灾情严重，救援力量就往哪里调"的应战成效在全国范围内实现。

根据救援任务具有多样性和差异性的实际情况，消防救援队伍在跨区域增援中采取了模块化调动的方式，根据实战需要选择相应的功能模块。

"功能模块就是针对特定的救援任务和作战需求，预先对人员和装备实施的建制式编组，包括人员搜救模块、内涝排险模块、重要物资转移模块、重点目标保护模块，以及堤坝加固、决口封堵模块等。"应急管理部消防救援局特种灾害救援处工程师熊伟介绍。

3. 探寻更先进、更专业的实战本领

消防科技的加持提升着消防水平，在人们的或静好或疾风骤雨的岁月中默默守护。2020 年 1 月，在火神山医院的病房和院区，1500 只 NB-IoT（窄带物联网）独立式感烟火灾探测报警器在两天内全部安装完毕，覆盖 3.4 万平方米隔离病区、419 个病房，保证了火神山医院在有火灾预警能力的前提下顺利运营。

报警器运用智能火灾预警系统，这种系统利用窄带物联网技术，针对火灾、漏电、用电发热等进行全方位远程监控预警、警情多级推送以及消防设施状态监控管理。该成果还紧急应用于湖北鄂州防疫应急医院等多地"小汤山"模式的医院，在疫情期间为救治前线提供了消防安全保障。

从"擅灭火"到"防大汛、抗大洪、抢大险、救大灾"，从应对"单一灾种"向应对"全灾种"转变的发展路上，全国消防救援队伍始终重视提升专业水平、注重科技应用，迈出了坚实果敢的步伐。

2020 年，应急管理部消防救援局印发《应急管理部消防救援局科技成果推广应用管理办法（试行）》，对科技成果转化各个环节提出明确要求。智慧消防云平台、消防生命通道监测预警系统等社会火灾防控类成果相继问世并投入使用，特种消防机器人、多功能化学侦检车等消防救援队伍应用成果在实战中屡立奇功。

应对今年各地汛情，全国各消防救援总队平日里训练的"抗洪抢险专业编队"发挥了重要作用。"抗洪抢险专业编队开展一系列水域救援技术培训，专业岗位实行持证上岗，组织应急拉动演练，增加了冲锋舟、橡皮艇、气垫船，配备了水域救援机器人、水下声呐探测仪等'高精尖'装备。"消防救援局灭火救援指挥部副部长汪永明介绍。

在浙江，消防救援总队完善了省级救援队、支队级救援队、消防救援站级救援分队的三级水域救援专业力量体系，配备 6 大类 67 种水域救援装备，围绕不同情境的救援划分"初、中、高"三个训练等级分级练兵。

"入汛以来，我们在训保支队开展 3 期专业队轮训，培训指战员 360 人。各支队开展 14 期培训，队伍的抗洪抢险救援能力进一步增强。"浙江省消防救援总队作战训练处技术干部刘靖说。

目前，全国共建有总队级消防抗洪抢险专业救援队 31 支、支队级救援队 187 支、站级救援分队 2417 支，力量规模达 2 万余人，很多队员持有冲锋舟驾驶执照、潜水救援资质、激流救援技术员资质。

天津市保税消防救援支队临港大队临港站站长助理崔利杰在一次高空救援行动中立功。组织上安排他作先进事迹报告时，这位参加过6000余起救援战斗的"老班长"没有讲自己的事迹，而是与战友们分享了自己的思考："消防专业化、职业化到底怎么做？指战员们努力寻找的突破口到底在哪里？"

"我最终找到了答案。那就是保持一颗忠诚的心，练就一身更专业的新本领。"在持久而热烈的掌声中，在同样坚定而自信的目光中，他读到了战友们同样澎湃的激情。

—— 中国日报 ——

国家综合性消防救援队伍战"疫"记

(Firefighters keeping busy in virus battle)

·记者：侯黎强·

　　身处新冠肺炎风暴的中心，武汉的很多商业体都暂停了营业。很多人会认为对于消防员来说，他们的工作会因此轻松不少。但其实相反，他们更忙了。

　　在灭火、救援等常规的工作之外，湖北的很多消防员迎难而上，毅然投身到与新冠肺炎的战斗中，经受了从未有过的考验。

　　"像我的不少同事一样，我从 1 月 23 日就没回过家。" 湖北武汉江岸区一消防站的站长杜强说。

　　在 3 月 2 日与中国日报进行电话采访时，这位老消防刚送完一批新冠肺炎康复病人到隔离酒店。因为不断有同事过来找他沟通新的任务，他不得不时不时跟身边的同事回话。为此，他多次跟记者道歉。

　　在武汉，康复的新冠肺炎病人在出院后需要进行两周的隔离观察，以防核酸检测出现错误。

　　三十四岁的杜强告诉记者，他已经搞不清楚自己运送了多少康复者到隔离酒店。但 2 月 29 日第一次参与输送任务的情景他记忆犹新。

　　按要求，他需要在一个写有 27 名康复者的运送单上签字。"签字时的那种感觉很难描述。我有一点兴奋，因为这意味着我将为抗击疫情做出自己的贡献。"他说。

　　但他坦言，尽管在执行任务前接受了一位方舱医院院长亲自教授的防护培训，他还是有一点紧张。

　　这种紧张来自他对康复者的一种责任感，但同时他知道他需要保护好自身安全，

以免连累自己的队友和家人。

运送病人只是杜强承担起的诸多抗"疫"任务之一。在此之前，他还投身方舱医院的建设，为方舱医院安装消防设施，并为此已经忙活了一个多月。此外，他和队友还需要帮助群众解决诸多因疫情带来的困难。

有些人在隔离或者治疗结束之后发现他们因为没有钥匙而进不了家门。而他们拿着钥匙的家人却正在治疗或者被隔离。在这种情况下，杜强和他的同事经常收到帮助开门的求助。

工作到深夜对杜强来说太平常了。有一次，一个方舱医院正在建设污水处理设施，需要将22个水罐埋入地下。为了防止水罐在埋土过程中受压破裂，杜和他的同事奉命用消防车给水罐冲水加压。

"我们从下午三点就开始冲水，一共冲了有500吨水。工作一直持续到凌晨。"他说。

记者从应急管理部了解到，杜强是一支950人的党员消杀先锋队的一员。这支队伍里除了650名消防员来自本地消防救援队伍外，其他都是春节假期结束后因为封城滞留在湖北的消防员。

应急管理部表示，湖北所有综合性消防救援队伍都全天候待命，以帮助拨打119电话的百姓解决疫情导致的困难。

因为疫情管控，除了防疫车辆、公务车外，湖北省内其他车辆基本无法通行，这导致部分人员回不了家。部分人员拨打119求助。

2月25日，襄阳的消防人员就收到了一名男子的电话。他的老婆因为疫情管控被困在父母家中，而她需要到城里做定期产检。

"我老婆上次怀孕时意外流产了。医生一再嘱咐这次一定要按时产检。"这名男子告诉记者。

他说，消防员从当地防疫部门得到她老婆身体健康的确认之后，不仅把她接回了城里，还送她去做了产检。

应急管理部介绍说，截至星期五，疫情以来湖北消防已经接收了5719个跟疫情相关的任务。他们不仅转移了5742名病人，消杀面积超过一千万平方米，还帮助转运了1.5万吨的防疫物资。

——中国青年报——

离开战友的日子

·记者：宁迪 王鑫昕 李若一·

重新装修后的营地焕然一新，队员们在搬运刚刚送达的新家具。中青报·中青网见习记者 李若一 / 摄

在野外席地而坐补充能量的消防员们。中青报·中青网见习记者 李若一 / 摄

2020年3月30日，成都市烈士陵园，人们用鲜花缅怀一年前牺牲的逆行勇士们。在木里"3·30"森林火灾中牺牲的成都籍烈士刘代旭、李灵宏、代晋恺安葬在这里。 汪龙华/摄

2020年1月14日晚饭前，一位消防员正在观看操场上的队友打球。中青报·中青网见习记者 李若一/摄

编者按

2020 年 3 月 31 日，西昌再次鸣笛致哀，为在火灾中牺牲的 19 位勇士送别，上一次沿途车辆自发鸣笛是在一年前，为 2019 年四川木里"3·30"火灾中牺牲的 31 位扑火英雄送别。这 31 位扑火人员有 26 位来自西昌市森林消防大队。一年间，这支被大火灼伤的队伍，在火中"重生"。在战友逝去一年之际，他们来不及凭吊战友，而是战斗在火线的最前沿……

冬春之季，注定是四川凉山森林消防员最忙碌紧张的时候。对于四川省西昌市森林消防大队（以下简称"西昌大队"）的消防员来说，即便是在 26 名战友牺牲一周年的日子，他们也无暇停歇下来祭奠一下兄弟。

2020 年 3 月 30 日，四川木里"3·30"森林火灾一周年这天，西昌大队的消防员们仍然在火场上。大队长张军发了一条朋友圈："兄弟们！一年了，好想你们！"

去年的那场山火，带走了 31 名扑火人员的生命，其中 26 名是来自西昌大队的消防员。被大火"灼伤"后的西昌大队在大火中"重生"：一年里，他们顺利完成了多次打火任务。

队里的变化也不小：宿舍里换上了新家具，主楼的外侧铺上了一圈标准跑道；院子里的东南角，停着一辆新式的灭火炮车。

这一次打火，除了老消防员的身影，更多的新人背上了灭火机，拿起了打火工具。

"你不能倒下，不然我们就是没家的孩子"

2019 年"3·30"四川凉山木里火灾发生后的第十天，送走了 26 名烈士的西昌大队，再次回归沉寂。

崔东明一行 4 人走到院门口时，脚步一下子变慢了。午后的院子空旷，只听得见远处的几声犬吠。作为中国科学院心理研究所全国心理援助联盟的志愿者，崔东明于 2019 年 4 月 10 日，进驻这支受了重创的消防队伍，开展心理援助工作。

火灾定格了那些生命，也定格了西昌大队往日的士气。下午 2 点 20 分，集合号

一如既往在院里吹响。坐在办公室里的崔东明起身，等待下楼集合的消防员。

等来的，却是一片安静。往常，集合号响起后，随之而来的是一片"沸腾"——楼道里匆匆的脚步声、队员们的互相催促和集合后喊得响亮的口号。

2019 年"3·30"火灾过后，这些声音消失了。一并消失的还有篮球场上的拼抢声、屋子里的笑声和歌声……

西昌大队教导员赵万昆在 2019 年"3·30"火灾中牺牲，和他一同参与灭火的赵先忠原是凉山森林消防支队的党委秘书。2019 年 4 月 4 日，他临危受命，成为西昌大队的新任教导员。

崔东明从赵先忠那里得知，2019 年"3·30"火灾之后，原本 50 多人的西昌大队仅剩一半，除了站岗放哨的人员，其他消防员日常分散在各个角落里忙碌。考虑到队员的心理状况，队里选择暂停了以往的一些训练和制度。

一个小时后，楼道里渐渐多了些脚步声。大队长张军带着几位消防员，开始整理堆放在一楼的物品。那段时间，不停有信件和慰问物品从四面八方送到西昌大队。信件里，除了对烈士们的悼念，还有人特别叮嘱："活着的人要更坚强。"

队员们低着头搬东西，几乎全程沉默。几米外的崔东明，被这种"沉痛"击中了。

身高 1.78 米的张军比他之前在电视上见到的瘦了许多，这个东北汉子在 2019 年"3·30"大火后的一周里，体重掉了 18 斤。

作为西昌大队的主官，张军在 2019 年"3·30"火灾事故发生后，带着队员们上山搜寻牺牲消防员的遗体，每一具都是他护送下山。兄弟们最后的样子，他至今也忘不了。那一刻，他和队员们抱头痛哭，遇难的消防员，每个都是过命的交情。回到驻地，面对一张张期待队友们生还消息的脸庞，张军又禁不住失声痛哭。旁边的消防员和他说："你不能倒下，不然我们就是没家的孩子。"

从那以后，张军就把眼泪憋回去了。他坚信一点，无论自己能不能从悲痛中走出来，都要把队伍重新带起来。

崔东明问张军，希望自己来了以后能为大队做什么。"恢复战斗力！"听见这个回答，崔东明十分动容，却也为张军隐隐担忧。

接下来的对话更加证实了这种担忧。崔东明感到张军把内心的负面情绪压下去了，努力呈现出一个坚强的形象。但从专业视角看，这样的压制对张军的身心健康并没有好处。

来之前，崔东明对西昌大队的情况做了初步了解，有了心理准备，但真正走进这支队伍，困难远比预想的大。

起初，队员们对他是"拒绝"的。在楼道里，见到崔东明远远走来，许多消防员会选择拐弯或者低头走过；崔东明试探地问他们，愿不愿和自己聊一聊，有的队员伸手一挡，拉高声调说："老师我没有心理问题。"

"这些表现都很正常。"崔东明记得，2015年天津港发生爆炸后，他见到的消防员也是这种表现：流血流汗不流泪。

选择住在西昌大队的崔东明，决定换一种方式，去靠近这些有"伤口"的孩子们。每天，崔东明会去院门口的值班室站着，只要值班室的门开着，他就和里面的队员聊聊家常，聊一些成长经历，希望借此能慢慢建立起一种信任关系。

队员们渐渐敞开心扉，开了口。

"门一响，总以为是兄弟们回来了"

一段时间内，谁也不愿主动提及这场灾难，更不能接受战友离开的事实。

宿舍后面的宣传栏里，贴着西昌大队全员照片的笑脸墙，被悄悄换了下来。火灾过后，队员们有意识地避开那里走。

没能和兄弟们一起上火场，四中队一班班长杨杰一直内疚。原本4人的宿舍里，只剩自己和队友郎志高二人。同在一个空间，两人的交流甚少。

入夜，是更为痛苦的一段时间。躺在床上的杨杰眼前总是浮现和牺牲队友们在一起的画面。隔着几米远的床铺上，郎志高也没有睡着。谁也没有勇气先打破这种沉静，杨杰躲在被子里，一个人默默流泪。

26岁的梁桂是队里的通信员。最初的日子里，他睡得很不踏实。西昌的风大，晚上一阵风吹来，宿舍门哐的一声被推开，梁桂总以为是兄弟们回来了。

失眠成了那段时间里队员们共同的"敌人"。"他们需要倾诉，却又不愿意主动提。"崔东明感受到了一种纠结，有些队员晚上睡不着觉，有的宿舍只剩下一个人。

张军决定大家行动尽量以集体活动为主，不让某一名队员单独待着，把大家的精力牵动起来。剩下的队员合并到同一层居住，原本住满了队员的二三楼，当时都搬进了二楼，三楼一下子变得空荡荡。

崔东明知道，经历这般悲痛后，失眠、恐慌和消极，都是一种正常的应激反应，并不意味着这支队伍就此变得软弱。

队员们开始参加心理辅导课程，杨杰记得，心理治疗专家刚来时，自己很抵触，对待他们的态度也很应付。有一天，一位专家把大家叫到一起围坐，通过互换角色的方式，帮助大家疏解情绪，从那天开始，杨杰渐渐接受了战友们离开的事实。

"你能感受到他们心里有力量了。"崔东明发现，列队喊口号的时候，大家的声音变得有力，有的消防员甚至主动找自己聊天。

除了外力，西昌大队也在用自己的方式，尝试从悲伤中尽快走出来。

2019年"3·30"火灾是一场伤筋动骨的"战斗"。为了重振士气，2019年4月下旬，张军和赵先忠决定开始恢复正常的制度和纪律。上级提出要从其他大队调骨干给西昌大队，但队里还是想在老队员里培养。遇难的骨干力量，全部由大队队员接班，西昌大队要立足本大队培养选拔骨干。

恢复制度后，操场上开始了日常训练。晚饭后，炊事班班长汪方赢还会叫上四五个人，一起到大队后面的公路跑上5公里，从火场中幸存的四中队二班副班长杨康锦就是其中一员。

那是条大家再最熟悉不过的公路，车不多，2019年"3·30"火灾前，是大伙儿的固定跑道。伴着夕阳，跑着跑着，有人扯开嗓子大吼了一声。紧接着，是周围一声又一声的吼叫。那一刻，压抑了许久的痛苦，终于找到了出口。

接受战友离开的事实只是第一步，这支队伍还要学会"放下"。

2019年5月18日是消防员遇难的第七个七天，民间有扫墓的习俗。大队选择去西昌烈士陵园祭拜葬在那里的两位队员——教导员赵万昆和四中队中队长张浩。

"这是个契机。"曾经当过兵的崔东明深知，一起生活、并肩作战的队员骤然离去，打破了队员们之间原有的"连接"方式，这也是为什么队员们一直沉默的原因，"他们一下子找不到用什么方式去和那些队友'对话'。"崔东明觉得，趁着祭拜探望可以建立一个新的对话方式。

时间是最好的良药。最初，每天只要闲下来，一些队员的脑子里就会不自觉想到离开的战友，到了 2019 年 5 月、6 月，这种频率变成了几天一次。

"这一关早晚都要过，越早越好"

2019 年 "3·30" 火灾过后，大队有了自己的队魂，16 个字——秉承遗志、砥砺前行、厚实底蕴、续写辉煌。赵先忠和张军期盼，队员们能接过烈士手中的旗，砥砺前行、续写辉煌。

2019 年 6 月 9 日，端午节放假的最后一天。上午，大队值班室接到了电话，位于木里县唐央乡的山林在一天前发生了火灾，需要增派打火队伍。张军知道，西昌大队也需要一场火来证明自己。

"集合！" 2019 年 "3·30" 火灾后两个多月，大队的院子里再次响起熟悉的集合号。除了站岗放哨的必留人员，在队的队员们全部登上车，赶赴火场。从西昌大队出发，到火场车程六七个小时。和过去不同的是，这次去的路上，气氛异常安静。谁也不知道彼此之间在想什么，是想起了谁，或是担忧什么。

张军的心一路上都是提着的。这是 2019 年 "3·30" 后大队第一次执行灭火任务，也是久经火场的他最紧张的一次。不是见了火会紧张，而是担心这帮兄弟们到了火场，会不会害怕，如果害怕，自己应该怎么做。2019 年 "3·30" 火灾才过了两个多月，让队员们把那件事情抛开，并不现实。

火场烟雾大，山体陡峭，植被以云南松和杂灌为主。西昌大队负责攻打一边的火线，张军带着队员上山后，要在茂密的树林中穿行，才能接近火线。

上山的路上，和 2019 年 "3·30" 有关的回忆，还是跳了出来。队员们经过一片被火烧过的地方，地上烧黑的焦土，像极了几个月前的场景。有的队员心里 "咯噔" 一下，担心会不会有火烧过来。

大家的脚有点迈不动了，张军心里也不好受。"我也难受，我也紧张，跟着我，不会有问题的。" 他站了起来，在前面走，其他消防员一个接一个跟在后面，赵先忠断后，大家继续深入火线。

一棵烧倒的树木挂在悬崖上，中间部分还在燃烧。四中队代理中队长童威带着几个队员爬上去，他们需要迅速处理掉那块火。没有人打退堂鼓，大家互相搀扶，一步步向前。

刚把一边的火打完了，另一边又烧起来了。因为山体陡峭，这次只能靠水泵打火，环顾周围，只有一个水深不到1米的小水塘，如同乒乓球桌大小。

杨杰和另一名队员背着14.5公斤的水泵走到了水塘前，准备用管子开始吸水。但吸了几下，吸上来的都是泥，水泵也不转了，大家发现水下面有很多淤泥，管子想吸上水，必须有人下水扶着。

周围的烟越来越浓，那一刻，杨杰感觉，打不出水的自己就像大敌当前开不了枪，"急！"

山里的气温低，水塘里的水冰冷刺骨。杨杰没有多想就跳到了水塘里，裤子一下子就湿透，水没过大腿，脚陷在泥里不好移动。在队友的帮助下，抽了20多分钟，水泵里抽上来四五吨水，成功地把那处火熄灭。

2019年"3·30"火灾过后，队员们对危险更警惕了。下山的时候，杨杰和郎志高走到一个平地时，风呼呼地刮，他们等待后面战友时，决定先把周围的枯枝、腐蚀层吹开再休息。吹开30多平方米后，两个人坐在地上，心想，这样即便火烧上来，最多也就是被烧伤，不会危及生命。

打火的时候，杨杰没有想到遇难的战友。但返程的时候，坐在车里，他还是想到了他们，他觉得完成了任务，没有辜负那些兄弟们。

2019年"6·8"大火的第五天，伴着夕阳余晖，消防员们安全回了家。崔东明早已站在大队楼门口，等着他们。3台车开进院子后，队员们陆陆续续下来，他们露出久违的笑容，大声地和崔东明打招呼："老师好！老师好！"

回来后的张军坐在台阶上，抬起头，望向天空，压在心里的一块石头落了地。他深知，重回火场这关，早晚都要过，"越早越好。"

此前，曾有人担心，西昌大队还能不能打火了。但这次大火，让"灭火尖刀"重新锋利起来，西昌大队站起来了。

一个多月后，甘洛县泥石流地质灾害的救援，再次让大队找回了信心。这是转制后，大家第一次去执行山火以外的抢险救援。凉山甘洛县因降暴雨，部分区域发生山洪、泥石流等自然灾害。

大队抵达后，等待挖掘机清理现场，开展救援。很多队员感觉到，在自然灾害的救援上，他们要学的东西还有很多。

童威感觉到，队员们的战斗力渐渐恢复了，不仅体现在火场，有些人的日常训练课目成绩也提高了。听说哪里可能着火了，有的队员还想主动请战。

他们想用执行任务来证明，这支队伍没有倒下。

"不能出了这个事情，就否定了这个职业"

2019 年 8 月，院子里的欢声笑语多了起来，森林消防队伍转制后招募的第一批新人来到了西昌大队。

2000 年出生的蒋佳沛有着两年的当兵经历，对他来说，西昌大队并不陌生。2019 年"3·30"火灾之前，他们作为新人来西昌考过试。西昌大队是其中一个考点，参加体能测试的新人都来过这里。

身高 1.70 米的蒋佳沛站在考试队伍里，他的不远处，站着当时三中队一班班长程方伟。那是两人的第一次见面，也是唯一一次。作为老乡，两人交谈几句就变得熟络起来，从程方伟的站姿中，蒋佳沛感觉他这个人蛮严肃认真。

那时，已经服兵役快满 5 年的程方伟鼓励蒋佳沛，希望他能被分到西昌大队。操场的另一边，来自贵州的杨小贵在院子里遇到打篮球的西昌大队队员们，一时手痒也上了场，同场的球友里，就有后来在 2019 年"3·30"火灾中遇难的消防员。

消防员征招后先要通过统一集训再分配到各队，在内蒙古当过兵的蒋佳沛，因为想离家近所以选择回西昌当消防员。填写分配意愿的时候，他毫不犹豫地写上了西昌大队，杨小贵也是。

看见眼前这群新人，张军心里说不出的感动。2019 年"3·30"火灾发生后，有的新人打了退堂鼓，但张军的手机里，不断接到电话、短信，询问如果自己去报考消防员，能不能被分到西昌大队。

有来自上海的，也有广州的，大部分都是 90 后和 00 后。那一刻，张军觉得十

分欣慰："这可能就是荣誉的力量吧。"在 2019 年"3·30"火场中幸存的四中队指导员胡显禄说过的一句话让蒋佳沛记在心："不能出了这个事情，就否定了这个职业。"

新人里，最特殊的还属赵万昆教导员的侄子赵有川。刚退伍不到一年的赵有川偶然间知道森林消防队伍招录，便报了名，他和堂叔赵万昆的最后一面也是在西昌大队的操场上，参加新人体能测试的他站在宿舍楼前，赵万昆问他："吃饭了没？"顺手拿出一盒饼干递给他。家里人也劝过他，不要再去做消防员，但他还是坚持了最初的选择，"如果叔叔没有牺牲，自己也许真的会退出。"

一次轮到他站岗时，他发现桌子上放着一摞请假条，每张请假条上都有大队主官的签字。"会不会有叔叔的？"赵有川抱着这样的希望往前翻，翻到 3 月时，他看到了一张有着赵万昆签名的假条。那一刻，心底突然涌上了一股酸楚。

没人会忘记他们，大家选择用不同的方式记住。胡显禄负责收集队员们撰写的烈士生平，要做成一本纪念册。每一篇生平他都要求大家认真对待，写得不到位的，他还会严肃批评。

那些遇难消防员的物品也被小心翼翼地保存起来。主楼里的一间屋子，专门存放着他们的遗物。装修后的荣誉室，正中间的陈列架上，摆放着牺牲的通信员幸更繁身上被烧焦的北斗电台，周围还有写满大队成员签名的队旗和遇难消防员生前的留队申请书……

在微博上，许多网友还给遇难的消防员们设置了个人超话，几乎每天都有人在上面留言，和他们道声早安、晚安。

新消防员来了之后，院子里多了许多生气。今年春节前，一辆红色迷彩灭火水炮车从山西运送到了西昌，这是当地一家机械公司研发的具备车载功能的水炮车。2019 年"3·30"火灾后，四川省森林消防总队的领导去该公司调研，希望能在西昌大队试用这种新型的灭火机械。

杨小贵和队友们兴奋地爬到车上，小心翼翼地给车身做保养，准备水炮车的户外试发。听说这辆车的灭火炮射程最远可达 7 公里，专门攻打悬崖峭壁上的山火，新人们心里更有底了。

2019年对西昌大队来说是特殊的一年,也是整个森林消防队伍转制后的第一年,这支爬山入林的灭火队伍纳入应急管理部之后,开始走出山林,肩负起地震、抗洪等更多的抢险救援任务。

四川盆地的特殊地势,决定了森林消防员们要做好春季防火、夏季防汛、全年防震的准备。在防火期,张军决定日常仍然要以防火训练为主,但到了防汛和防震期,就要开展这方面的训练。

今年年初,应急管理部党组书记黄明在西昌市森林消防大队看望慰问时表示,希望大家在秉承烈士遗志、传承英雄精神的同时,始终坚持高标准高定位严要求,在队伍建设、改革攻坚、学习训练、抢险救援中走在前面,真正发挥榜样和示范引领的作用,树立起一面高高飘扬的英雄旗帜,勇做新时代的消防救援英雄。

有些消防员不太想成为被人关注和放大的对象。张军理解他们的心情,但西昌是个英雄大队,这是不争的事实,它承载着烈士们的遗志和希望,这份荣誉必须要由他们来守护。

"要做到最好,我不能给他们丢人"

补充了45名新消防员后,西昌大队的人数恢复到了2019年"3·30"火灾前,但要成为森林消防队伍里的榜样队伍,还有一段必经之路。

目前,队里的新人比老人多,出现了新老"倒挂"的现象,这和其他消防队伍的人员配备很不同。

这也是张军眼中最大的难题。从比例上看,西昌大队处于"弱势",要想出色完成抢险救援任务,就必须提升新人的战斗力。当消防员不能只凭一腔热忱,必须有过硬的本领,才能在转制后,承担更多的救援任务。

但张军心里也明白,一个队伍的战斗力不能速成。新人要把操场训练转化为入林训练,真刀真枪地在火场上提高能力、积累经验,"这不是打一场火就能行的。"

没有两场森林火灾是一模一样的,没有固定的模式、作战方式,消防员们必须根据火场地势、风力风向、植被等来作出判断。

新人下队的前两个月,大队就把他们带到深山密林中,通过一次次逼真的演练,

让他们更快适应复杂多变的火场环境。

"打得太慌乱了，都想着去攻火头，身后余火烟点却没人跟进清理！"戴着眼镜的胡显禄平日里很和蔼可亲，但一上火场，他就成了严苛的"教官"。

胡显禄知道，新人们都有冲劲，但实际灭火作战中，脑子里有这个念头很危险。后方的余火一旦复燃，前后形成夹击之势，大家会一下子置入险境。必须有人负责前攻，有人负责后防。说是说，批评完之后，胡显禄又挨个为新人们整理起了防护装具。

"要让新人们先感受到西昌大队是一个家。"新人来之前，张军和各个中队骨干说过要怎么做，并强调作为老同志，要以身作则，起到模范带头作用。

"要做就要做到最好。"作为新人中有点打火经验的消防员，蒋佳沛更愿意向前看。日常训练时，自己的弱项是跑步，跑不动的时候总会想到那些遇难的消防员，"他们有的体能训练成绩很好，我不能给他们丢人。"

春节，是阖家团圆的好日子，却是护林防火的大日子。这个季节，正是当地的防火期，通常火打完了，年也过完了。临近春节，队员们的住宿房门外，贴上了一副春联，上面"出入平安"4个字是每个人的心愿。

今年春节，因为新冠肺炎疫情，集合号并没有在院子里响起。但训练并没有松懈，大队利用这段时间，加强灭火和抗震救灾方面的日常训练，为的就是一旦疫情解除，出现火灾时，大家不打无准备之战。

进入今年3月，新人们第一次冲进了真实的火场。3月9日，队里接到通知，凉山州会理县新安乡发生一起火灾。火势虽不大，但地势较为复杂，火场植被茂密，比膝盖还高的杂草绊着消防员前进的脚。

出发时间是深夜1点多，60多名消防员连夜赶赴火场。坐在车上，蒋佳沛有点激动，有的队员趁路上赶紧打个盹，但他好久睡不着。睁眼的时候已是清晨。抵达火场附近，分析了火场形势，大队决定采用"一点突破、分兵合围"的战法，三中队和四中队队员们分两路打火。

火势不是很大，这让新人们没那么紧张。蒋佳沛主动申请跟着老队员们到前面打火，接近晌午，日头渐渐烈了起来，一处火刚打灭，由于附近杂草丛生，很快又复燃了，"打过来打过去，像车轮战一般。"

灭火的时候，地形不好，消防员们进入了几处山谷，有的地方让他脚并用才能爬过去。有的消防员背着风力灭火机，回头打火时，脚一滑，险些滚下山。

今年 3 月初的西昌，气温已直逼 30 摄氏度，在高温下打火，一两个灭火机手很难把火线控制住，有的火线需要几台灭火机一起合力。灭火机手迎着火浪扑打，火把人烤得难受，打到后期，有的队员身体也出现了不适。

蒋佳沛被换下来休息时，脸已经被"烤"得发红，护目镜上的镜片不知道何时被烤化了，嘴唇发干的他一口气喝了 3 瓶水。明火打灭后，他突然觉得反胃，但一路喝的都是水，没吃东西，只能干呕。

这场火打下来后，赵先忠和张军很欣慰，新消防员们灭火经验虽然不足，但敢打敢拼的积极性和团结协作的精神，已经像一名老消防员了。

他们相信，经过多次的任务后，假以时日，这些新人，必将成为西昌大队的中流砥柱。

法治日报

强化源头管理转变监管方式
两办出台意见破解危化品行业
安全生产困局

·记者：蔡岩红·

核心阅读

近年来发生的一些危险化学品重特大事故，暴露出有的地区化工园区和危险化学品建设项目缺乏规划布局、项目审批把关不严、标准条件不高、安全风险分析评估和管控措施不力等问题，在源头上埋下了安全隐患。

近年来，危险化学品事故时有发生。2019年3月21日14时48分，位于江苏省盐城市响水县生态化工园区的天嘉宜化工有限公司发生特别重大爆炸事故，波及周边16家企业，造成78人死亡、76人重伤、640人住院治疗，直接经济损失高达19.86亿元。事故用"惨烈"二字来形容一点不为过。

为着力解决危险化学品安全生产基础性、源头性、瓶颈性问题，全面提升安全发展水平，推动安全生产形势持续稳定好转，中共中央办公厅、国务院办公厅近日印发《关于全面加强危险化学品安全生产工作的意见》（以下简称《意见》）。"《意见》是在正视我国当下危险化学品行业发展困局下开出的一剂猛药。"中国人民大学国家发展与战略研究院研究员涂永前近日接受《法制日报》记者采访时评价说。

危化行业整体管理水平低

据了解,我国作为世界第一化工大国,危险化学品生产经营单位达21万家,涉及2800多个种类,2018年产值占全国GDP的13.8%,在国民经济和社会发展中具有重要地位。

"但危化品生产经营单位整体安全条件差、管理水平低、重大安全风险隐患集中。"应急管理部有关负责人坦陈,在危险化学品生产、贮存、运输、使用、废弃处置等环节已形成系统性安全风险,导致重特大事故时有发生,严重损害人民群众生命财产安全,严重影响经济高质量发展和社会稳定。

记者注意到,应急管理部发布的"2019年全国十大生产安全事故"中,4起为危险化学品事故。除了造成78人死亡的江苏响水天嘉宜化工有限公司"3·21"特别重大爆炸事故外,山东济南齐鲁天和惠世制药有限公司"4·15"重大着火中毒事故,同样造成10人死亡、12人受伤,直接经济损失1867万元。

"分析近年来发生的涉及危险化学品重特大事故原因,主要是安全与发展不平衡不充分的矛盾十分突出。"应急管理部有关负责人直言,我国化工行业发展粗放、基础薄弱,中小化工企业占比达80%以上,专业人才严重不足,全国危险化学品生产企业实际控制人和主要负责人中有化工背景的只有30%左右,安全管理人员中有化工背景的不到50%,同时,大多数中小化工企业技术改造资金不足,安全保障能力差。

特别是近年来发生的一些危险化学品重特大事故暴露出有的地区化工园区和危险化学品建设项目缺乏规划布局、项目审批把关不严、标准条件不高、安全风险分析评估和管控措施不力等问题,在源头上埋下了安全隐患。

"可以说在我国化工产业发展取得巨大成就之下,伴随而来的是巨大风险,这种发展模式随着人民群众对安全感、获得感以及幸福感需求的提升,应该走向终结。"涂永前直言。

健全安全生产标准体系

涂永前认为，《意见》所提出的安全风险防控、全链条安全管理、企业主体责任落实、基础支撑保障的新举措，以及在安全监管能力提升方面，要求完善监管体制机制、健全执法体系、提升监管效能这是前所未有的新的工作思路和应对之策。

应急管理部有关负责人介绍说，为强化源头治理，从根本上防范化解危险化学品系统性安全风险，《意见》提出严格安全准入、严格标准规范等措施。

在严格安全准入方面，明确新建化工园区由省级政府组织开展安全风险评估、论证，并完善和落实管控措施；在严格标准规范上，要求制定化工园区建设标准、认定条件和管理办法，整合化工、石化和化学制药等安全生产标准，解决标准不一致问题，建立健全危险化学品安全生产标准体系，鼓励先进化工企业对标国际标准和国外先进标准，制定严于国家标准或行业标准的企业标准。

《意见》还提出，严格落实国家产业结构调整指导目录，及时修订公布淘汰落后安全技术工艺、设备目录，各地区结合实际制定修订并严格落实危险化学品"禁限控"目录，结合深化供给侧结构性改革，依法淘汰不符合安全生产国家标准、行业标准条件的产能，有效防控风险。

加大企业失信约束力度

应急管理部有关负责人分析说，企业安全生产主体责任不落实是导致危险化学品事故的主要原因。全面提升危险化学品安全生产工作水平，必须扭住企业这个责任主体，强化责任落实。

"《意见》在企业主体责任方面，强化法治措施，加大失信约束力度的同时，对合规生产机构给予激励。"涂永前说。

《意见》明确提出，积极研究修改刑法相关条款，严格责任追究。推进制定危险化学品安全和危险货物运输相关法律，修改安全生产法、安全生产许可证条例等。

在加大失信约束力度方面，明确危险化学品生产贮存企业主要负责人（法定代表人）必须认真履责，并做出安全承诺；对因未履行安全生产职责受刑事处罚或撤职处分的，依法对其实施职业禁入。

此外，为强化激励措施，《意见》提出全面推进危险化学品企业安全生产标准化建设，对一、二级标准化企业扩产扩能、进区入园等，在同等条件下分别给予优先考虑并减少检查频次。对国家鼓励发展的危险化学品项目，在投资总额内进口的自用先进危险品检测检验设备按照现行政策规定免征进口关税。

建立监管协作工作机制

"彻底割除旧的、落后的行业发展模式，摒弃'头痛医头脚痛医脚、条块分割'的监管理念。"涂永前认为，《意见》以全新的、总体国家安全观的高度，从我国危险化学品生产、行业发展及国家应对风险事故的监管处置模式的转变等方面迈出了坚定的步伐。

《意见》特别明确，将涉恐涉爆涉毒危险化学品重大风险纳入国家安全管控范围，健全监管制度，加强重点监督。在相关安全监管职责未明确部门的情况下，应急管理部门承担危险化学品安全综合监督管理兜底责任；应急管理部门和生态环境部门以及其他有关部门建立监管协作和联合执法工作机制，相互协调配合，实现信息及时、充分、有效共享，形成工作合力，共同有效遏制危化生产风险事故发生。

涂永前说，在监管能力提升方面，明确专业执法人员的职业准入门槛，并且不断强化专业监管执法的人员业务知识和实训能力，实施更为有效的重点抽查、突击检查等随机监督管理模式，明确危化生产由应急管理部门的具体指导监管，避免之前多头执法带来的混乱、推诿和低效，同时加大信息化监管方式的应用，目的旨在防患于未然，做好风险防范与预警；为加大监管力量，同时对辅助执法人员聘用作了原则性规定。

新京报

国务院安委办明查暗访，
有企业大量不合格硝酸铵混堆

·记者：李玉坤·

记者 8 月 14 日从应急管理部获悉，为做好硝酸铵等爆炸性重点管控化学品的生产、储存等工作，8 月 7 日至 14 日，国务院安委办派出 6 个工作组，赴河北、山西、福建等 11 个省份和天津、青岛等 4 个重点港口，对硝酸铵等爆炸性重点管控化学品生产和储存管理等开展明查暗访。

其间，工作组共检查企业 60 余家，发现各类问题隐患 350 余项。针对发现的问题隐患，所有工作组均向当地政府进行了反馈并提出整改要求，责令隐患问题突出的企业停业整顿，对重大隐患挂牌督办，督促企业限期整改，确保各项整改措施落实。有关地方政府立查立改，有力推动全国危化品储存安全专项检查整治深入开展。

第一工作组明查暗访天津港区时，在汇洋石油储运公司检查发现 1 张动火证就有 8 个问题。在河北省石家庄市的润丰物流有限公司，检查人员发现其货物摆放凌乱，有的挡住了消火栓；消防设施不能及时出水；地上到处都是烟头和被随意丢弃的易燃废物；消防通道内停放了很多车辆，火灾隐患较大。

在山东省潍坊市的山东合力泰化工有限公司，第二工作组检查人员打开危废库大门后，一股刺鼻气味迎面而来。经查，该企业存在缺乏通风设施，有毒、可燃气体检测设备缺失等问题。检查组还在潍坊中农联合化工的危废仓库发现了类似问题。

在贵州省贵阳市、黔南州，第三工作组现场检查时发现了诸多隐患问题，比较突出的有，贵州开磷息烽合成氨有限责任公司的硝酸铵储罐区操作室电气、搅拌装置器电机、开关柜均不防爆，溶液泵电机无接地线；贵州宜兴化工有限公司硝酸相关重大危险源备案材料与实际重大危险源情况不符。

大量不合格硝酸铵产品混堆、动火作业票签发时间混乱，第四工作组检查人员在重庆垫江县的重庆富源化工股份有限公司发现不少突出隐患。在重庆市万州区的龙腾再生资源回收有限公司，检查人员发现其多处消防设施维护检修不到位、损坏严重不能使用。

在四川省绵阳市美丰化工科技有限公司，第五工作组现场检查时发现，其硝酸铵中转库正对着 205 省道，安全距离不足，风险较大。在四川金象赛瑞化工股份有限公司，检查人员检查企业应急响应情况时发现，400 多米的路程，公司消防队 5 分钟才赶到，而且停留在下风口处。

在福建省三明市、南平市，第六工作组现场检查时发现不少突出隐患，比如，永安双华化工有限公司氨氧化和硝铵工段控制室在装置区，防火间距不满足相关要求，且在全厂总平面布置图上未标注硝铵工段控制室；福建邵化化工有限公司硝酸铵成品仓库未经正规设计投入使用，不满足储存硝酸铵的相关规范要求。

三等奖

南方都市报

沈海高速槽罐车爆炸救援

·记者：马嘉璐 黄驰池 林子沛 等·

　　6月13日，浙江温岭高速公路上一辆槽罐车爆裂后砸塌路侧厂房，引发二次爆炸，事故造成20人死亡，伤势较重人员超过20人。这起严重的危化品运输事故引发全国关注。

　　南方都市报迅速跟进此事，及时更新各方救援动态。南都对话距离爆炸地点仅百余米的村庄居民以及进入损毁最严重区域搜救的一线消防员，获取一手信息，写作温岭爆炸逃生特稿，通过当事人的讲述，呈现救援惊魂一刻，幸存者在废墟里通过微弱的呼救声引起消防员注意的瞬间以及大量因事故无法回家的村民的去向，将灾难中的统计数据还原为鲜活的个人。充分报道了救援力量及时介入，为群众挽回损失的故事与经历。

—— 北京青年报 ——

中央委员挂帅，
国务院首次为这事派专项督导组

·记者：刘艺龙·

从应急管理部获悉，国务院四川森林草原防灭火专项整治督导组进驻四川省开展督导工作。

一个多月前，3 月 30 日，四川省西昌市经久乡突发森林火灾，宁南县专业扑火队接到命令迅速向火场集结。31 日凌晨 1 时 20 分，因风向突变、风力陡增，造成 19 名地方扑火人员牺牲、3 名地方扑火队员重伤。

一年前，当地曾发生原始森林遭雷击引发的火灾，致 31 人遇难，其中包括 27 名消防员。

主要成员披露

目前，国务院四川森林草原防灭火专项整治督导组主要成员已经披露。

督导组组长由应急管理部党委书记、副部长黄明担任。

黄明 1957 年 10 月出生，江苏建湖人，他曾任公安部副部长、党委副书记，中央政法委员会委员。机构改革后，2018 年 3 月，他出任应急管理部党组书记、副部长。

今年 3 月，应急管理部党组改党委，黄明履新应急管理部党委书记、副部长。此外，他还是十九届中央委员。

督导组常务副组长由付建华担任。

付建华 1958 年 7 月生，硕士研究生学历，教授级高级工程师。他曾任国家安全生产监督管理总局党组副书记。机构改革后，2018 年 3 月，他任应急管理部党组副书记、副部长，同年 7 月，他兼任国务院安全生产委员会办公室副主任。

今年 2 月，付建华卸任应急管理部党组副书记、副部长。

督导组副组长分别由戴建国、李树铭和彭小国三人担任。

戴建国于 2019 年 11 月 14 日退休，他早年曾先后担任武警贵州总队政委，浙江省武警总队党委书记、政治委员。机构改革后，他履新应急管理部森林消防局政委。此次是他退休后首次复出。

李树铭历任黑龙江省林业厅党组书记、副厅长，国家林业局副局长、党组成员，国家森林防火指挥部副总指挥。2018年4月，他出任国家林业和草原局副局长，同年11月，兼任国家森林草原防灭火指挥部成员。

担任过中国人民武装警察部队司令部警种部部长，武警森林指挥部参谋长的彭小国于2018年11月，被授予助理总监消防救援衔。1年后，他履新应急管理部森林消防局党委委员、副局长。

今年4月9日，国新办举行春夏森林草原火灾防控新闻发布会。彭小国以国家森林草原防灭火指挥部办公室常务副主任、应急管理部火灾防治管理司司长的身份出席。

整治督导计划一年时间、分三个阶段

今天，督导动员会在四川成都召开。

督导组组长、应急管理部党委书记黄明作动员讲话。黄明指出，成立国务院督导组对一个省的森林草原防灭火工作进行专项整治督导，在历史上还是第一次。

黄明强调，开展专项整治，是推动解决四川省森林草原防灭火工作问题短板的迫切要求。

四川省委书记彭清华表示，国务院派出督导组到四川对森林草原防灭火工作进行专项整治督导，体现了对防控重大风险和森林草原防灭火工作的高度重视。全省上下要以高度的政治自觉做好森林草原防灭火专项整治工作，要全力支持配合督导组工作。

政知君注意到，国务院督导组督导进驻时间为5月至7月。此次专项整治督导计划一年时间，分三个阶段：

第一阶段集中督导，从5月7日至7月，督促全面理顺森林草原防灭火体制机制，开展森林草原防灭火专业力量体系建设，建立重大风险、突出问题、整改任务和完善制度"四个清单"，指导帮助制定标本兼治方案；第二阶段整改提升，从9月至12月，按照整治方案，一项项推动落实到位，全面落实完成各项整治任务，提升森林草原防灭火能力水平；第三阶段评估检验，从明年2月至5月，组织对四川省整治情况进行检查评估，结合春季防火期检验专项整治成效，加强跟踪指导，严防再

次发生重特大森林草原火灾，推动落实、巩固成果。

一个月前曾被约谈

政知君注意到灾害发生后，3月31日，习近平高度重视并做出重要指示，要求迅速调集力量开展科学施救，在确保扑火人员安全的前提下全力组织灭火，严防次生灾害。

李克强做出批示。批示提到，要深刻总结近期多起森林火灾和造成人员伤亡的教训，进一步压实各方面各环节责任，深入排查隐患，加强监测预警，坚决遏制重特大森林火灾发生。

在高层明确下达要求后，四川省方面也采取了不少措施。

比如，在4月1日，四川省便召开了"全省森林草原防火灭火暨安全生产工作会议"。

彭清华强调，深刻汲取凉山森林火灾教训，"坚决遏制事故灾难多发势头，坚决防止再次出现人员伤亡惨痛事件，坚决保障人民群众生命和财产安全。"

彭清华还提到："要举一反三做好防灾减灾和安全生产工作，坚决遏制事故灾难多发势头。要突出抓隐患排查整治，坚决把各种隐患消除在萌芽状态。"

政知君注意到，会议之后，四川至少有9位省委常委（尹力、邓小刚、范锐平、田向利、甘霖、邓勇、王正谱、罗文、王一宏）、4位副省长（杨兴平、杨洪波、李云泽、王凤朝）密集外出，督导森林草原和城乡防火灭火。

4月9日，国家森林草原防灭火指挥部办公室在四川省西昌市就近期四川省森林火灾多发问题，约谈四川省、凉山州人民政府负责人。

约谈提到，3月，四川省发生森林草原火灾42起，同比增加26起，增幅163%。特别是凉山州西昌市经久乡森林火灾，造成19名地方扑火人员牺牲、3名地方扑火队员重伤和部分民房烧毁，给人民群众生命财产安全造成重大损失。继去年"3·30"之后时隔一年，凉山州再次发生扑救森林火灾中人员重大伤亡，令人痛心，教训极其深刻。

此外，四川省、凉山州对火源管控存在"宽、松、软"，防灭火力量薄弱，队伍配备率不足以及指挥体系不健全和预案机制不完善等诸多问题和薄弱环节。

"关注安全生产"系列报道

·记者：刘书含 吴亚雄·

2020年4月至2022年12月，国务院安委会在全国部署开展安全生产专项整治三年行动。在国务院安全生产委员会办公室、人民日报总编室、人民网共同建设的"安全生产建言举报平台"上，有不少网友提问题、谈建议。《领导留言板》根据网友留言产出了"关注安全生产"系列稿件，从复工复产、消防安全等多个方面的安全生产问题为切口，引导各地网友关注安全生产、建言献策。

在复工复产期间，有网友留言反映未审批的项目夜间抢工后，被取消立项；餐馆存在消防隐患也被要求停业整改再复工；还有部门在获悉网友反映的"充电'飞线'挂满楼"问题后立即督促进行整改；在2020年安全生产月，网友还给安全生产工作提了3000条建议，并呼吁疫情防控下的安全生产责任与意识更应重于泰山……

"关注安全生产"系列稿件自推出以来，在全网曝光总体超千万，《领导留言板》充分发挥"倾听人民呼声 汇聚人民智慧"平台属性，积极跟踪网友反映的安全生产问题，并促使问题获得解决。

关注安全生产
复工复产期间，多地根据网友意见整改安全隐患

随着新冠肺炎疫情防控形势向好，各地按下复工复产的"快进键"。工作千头万绪，但安全风险的弦也必须始终绷紧。由国务院安全生产委员会办公室、人民日报总编室、

人民网共同建设的"安全生产建言举报平台"近日收到很多网友发来的各类安全隐患留言。不少网友留言建议，疫情防控下的安全生产责任与意识更应重于泰山，防疫、复工、安全生产"三驾马车"应"齐步走"。

未审批项目夜间抢工？重视安全，立项被取消

"新能源项目无手续施工，周边十几万群众健康安全受到威胁。"近期，一位青岛网友向青岛市李沧区委书记反映，家附近的加氢站项目在既没有环保局的环境影响评估，也没有住建局、规划局的合法审批手续的前提下，在疫情期间"顶风作案"，利用夜间抢工建设。该网友在留言中写道："最近的居民区距离该项目只有20米，而规划中的幼儿园和农贸市场也离该项目不远，安全隐患很大。"

怎么办？"取消立项！"青岛市有关办理单位收到留言板网友求助后，积极与有关部门沟通落实。相关部门接受记者采访时表示："早就对该项目进行了调查，网友的留言也促使我们更加重视安全问题。"当前，该加氢站现已停止建设，场地清理完毕，另外，该项目的立项也被删除取消。悬在群众心中的石头，终于落了地。

餐馆存在消防隐患？停业整改再复工

安全问题刻不容缓，依法对存在安全隐患的商户进行整顿理所应当。如何整顿才能既合情合理又合法合规，正是老百姓真正关心的。近日，一位合肥市的餐饮商家在《领导留言板》向蜀山区委书记反映，防疫期间，由于餐饮店卫生、消防环境存在安全隐患，被当地街道、工商局安排撤店。该店主认识到自己对安全生产的疏忽，但考虑到生计，希望整改后能重新开业，同时建议政府能对整个商区进行全面整顿。

收悉留言后，办理人员首先对该餐厅存在的油烟排放不达标、证照不齐全等安全隐患问题进行说明，并表示将督促经营户停业整改，整改不到位的商家建议转变业态。

多年的私搭乱建顽疾，终于有了"治疗方案"

"这里经常发生火灾，四周都是居民区，希望还路于民。"一位网友向保定市

市长郭建英反映，曾经宽敞的大马路，现在成了私搭乱建、消防隐患极大的马路市场。办事处、开发区、执法局、市长热线……自己近年向这些部门不间断投诉，都没有得到答复。

在《领导留言板》，这个多年的顽疾，终于等来了"治疗方案"。该网友留言后，保定市人民政府回复，将彻底解决这个问题。市政府表示，近年来，随着人民生活水平的不断提高，对该市场的存在怨声载道，相关单位也安排专人进行了专项治理。目前，涿州市正在创办精神文明城，计划建设三个大型农贸市场，现正在选址，届时将全部取缔马路市场。

据悉，全国多地已陆续开展复工复产安全生产大检查，全面排查各类安全风险隐患，落地落实各项安全防范措施，有效防范较大社会影响事故、坚决遏制重特大事故的发生。防疫情是一场硬仗，抓复工复产、经济社会发展也有不少硬骨头要啃。在特殊时期，一手要保防控安全，一手要保生产安全；一方面平衡好安全机制落实与生产秩序恢复，一方面平衡好防控安全与生产安全。您生活和工作的地方，有哪些被忽视的安全生产问题？有哪些显而易见的隐患被掉以轻心？关于安全生产，您又有哪些建议？《领导留言板》期待您的留言。

关注安全生产
助力餐饮业复苏 多地根据网友意见整改安全隐患

随着各行各业复产复工加速，餐饮业也逐渐复苏。复产复工也要安全生产，今年6月是第19个全国"安全生产月"。近日，由国务院安全生产委员会办公室、人民日报总编室、人民网共同建设的"安全生产建言举报平台"收到很多网友发来的餐饮行业的安全隐患留言，希望相关部门加强监管和规范。

严查、狠抓、保监督，助力餐饮复苏防控不松劲

一位成都网友给青羊区委书记留言说，青羊区小南街的许多餐饮从业者在工作期间未规范佩戴口罩，违反疫情期间相关规定，建议加强对餐饮行业的安全监管，

保障疫情期间的食品安全。

对此，青羊区少城街道办事处工作人员协同食品药品监督管理部门进行检查，查证相关问题后当场要求商家规范佩戴口罩、做好食材卫生工作，并表示将进一步巡查，保障餐饮安全。"下一步，我街道办工作人员和食药监部门工作人员将加强对小南街沿街商家巡查力度。现已安排 2 名工作人员不定时巡查该路段，发现问题及时处理。"

"有爆炸隐患" 居民举报的小区餐馆被处置

一位湖北网友留言称小区开发商私自改变小区规划，租赁设备房给他人开餐馆，且该餐馆违规使用大型煤气罐，并改造天然气管道……危险系数极高，望领导解决。

对此，湖北省武汉市武昌区留言办理单位在查实后，对该餐馆进行了处置：迁走柴油发电机，责令将电缆恢复原样，并对该房屋规划用途继续查证。

占道经营有隐患？ 人性化执法：首次整改，二次扣押

"中学对面开了一家烧烤店，煤气罐就放在人行道上"，湖北咸宁网友留言反映餐馆存在安全隐患。当地城管执法局调查处理后给出回复：该烧烤店存在出店经营现象，已当场要求经营户进行整改，同时督促经营户文明、合法经营，不得发生噪音扰民行为。下一步执法局中队将加强监管力度，如该经营户再次占出现道经营行为，执法局将依法依规扣押其占道物品。

给小吃摊发卡，签食品安全协议 …… 网友建言夜市餐饮管理

成都一位网友建言表示，支持夜市发展，但天气炎热，煤气罐裸露在外存在安全隐患问题，希望有关部门可以做好安全用气的宣传和培训。同时，他还建议管理部门要为摊主发放占道经营允许卡，并签订食品安全协议，为市民增加一份安全保障。

最近，您喜欢的餐馆复工了吗？有什么值得关注的安全问题？对于餐饮业安全管理有哪些好建议？欢迎来《领导留言板》建言献策，一同助力提高餐饮业复工安全系数。（刘书含 实习生韦霖璐）

关注安全生产
"安全生产建言举报平台"消防安全问题占比逾 40%

今年 6 月是第 19 个全国"安全生产月",主题为"消除事故隐患,筑牢安全防线"。您知道 6 月为什么被定为"安全生产月"吗?因为每年这时候,气温开始攀升,容易造成安全生产事故。在网友给国务院安委办、人民日报总编室、人民网共同建设的"安全生产建言举报平台"的留言中,消防安全问题逾 40%,其中一些案例可能就发生在您身边。

家中燃气泄漏报修了三天未被重视 网友直呼"态度让人寒心"

燃气泄漏会直接威胁小区居民人身安全,且造成的严重后果让人不敢想象。可家住河北邯郸的一位网友称,自家燃气泄漏后报修三天都没得到解决。从网友提供的手机截图中可看到,自 5 月 30 日上午 10 点半起,网友便一直在拨打燃气公司的电话。"每天在家,都像守着一颗炸弹!"网友觉得,燃气公司不把用户的生命安全当回事,态度实在让人寒心。

接到网友的投诉后,邯郸市城管局第一时间安排工作人员前往网友家中,对漏气的管道进行了修理,同时也对华润燃气相关失职人员进行了严肃处理。市城管局表示,今后会加大监管力度,督促华润燃气公司及时处理问题并定期回访,严格落实服务承诺制,确保形成安全隐患闭环管理。

充电"飞线"挂满楼 "定时炸弹"堵楼道

几根"飞线"从楼上沿着楼外墙一直通到楼道里,这种给电瓶车充电的方法你见过吗?家住安徽安庆迎江区的一位网友留言反映,小区内有不少人采用这种危险的方法给电瓶车充电。从网友拍摄的照片中可以看出,楼外的电线摇摇欲坠,而楼内的电动车又几乎把楼道堵死,像一颗"定时炸弹"。

迎江区委办公室接到投诉后,立即督促相关部门到网友所在小区进行整改,当日下午便逐单元进行了电动车安全管理宣传。针对私拉电线的住户,社区上门发放了整改通知,将所有电动车移至小区配有电动车停车位和充电桩的车库进行停放。

通风竖井被违规占用 网友留言盼打通"生命通道"

四川南充一位网友反映，南部县桂博名城小区多栋高层住宅存在业主乱搭搭建的现象，严重妨碍楼梯间、前室自然通风竖井的使用。网友称，自己已经向南充消防支队投诉，得到的反馈是小区确实存在违法行为，也已发放违法告知函，但由于违章搭建住户较多，还需要多部门联合执法。他希望此次留言能敦促相关部门尽快给出整改方法和期限。

在收到网友的留言后，南部县综合行政执法局执法大队表示早在今年3月27日便已联合相关单位在小区物业办公室召开过协调会。4月15日，执法局再次联系相关单位及违章业主进行了现场协调，要求其十天内自行拆除。

记者回访时，网友称对处理比较满意，但也表示，如果到了期限后违章业主未按要求自行处理，希望相关部门能够强制拆除。

安全生产专项整治三年行动计划中强调将聚焦老旧小区、电动车、彩钢板建筑等，分阶段集中开展排查整治。您的小区是否存在消防安全问题？排查整治工作开展得怎么样？如何保障"生命通道"畅通？怎样提高大家的安全意识？欢迎来人民网《领导留言板》建言献策，共筑身边的安全生产"防火墙"。

关注安全生产
安全生产月，全国网友给安全生产工作提了 3000 条建议

今年4月起，国务院安委会在全国部署开展安全生产专项整治三年行动。在国务院安全生产委员会办公室、人民日报总编室、人民网共同建设的"安全生产建言举报平台"上，4—6月收到"安全生产"相关留言超8000条，其中6月（第19个全国"安全生产月"）收到3000余条。

在各类安全生产问题中，消防安全问题占比约40%，网友最关注老旧小区安全隐患、占用消防通道、小吃摊露天使用煤气罐等问题；城市建设安全问题占比约35%，

涉及违规改建、施工改造等；道路运输安全问题占比约11%，涉及大货车超载、超速、频繁变道、非法营运车辆等；危化企业管理、偷排偷放、煤改气占比约9%；煤矿等其他安全生产内容占比5%。针对各类问题，网友建言，安全生产切莫形式主义。来看几个案例。

山东青岛：楼道堆满电瓶车？清理并建设专用停车棚

"小区业主习惯把车放在每层公共走廊区域，挡住了防火安全门，发生意外事故无法逃生，隔壁小区曾多次发生过电瓶车在楼道爆炸事故。"一位青岛网友留言反映小区摩托车、电动车停放问题，希望物业能修建专用停车棚。收到留言后，街道办事处立即对物业负责人进行了约谈，要求其督促车主按规定停放车辆。关于停车棚建设，街道办事处也已向城管局递交了请示。

陕西西安：施工带来安全隐患？整改并举一反三

"楼道电线丛生，广告牌未铲除就直接粉刷，直接从升降机上私拉电线充电。"西安一位网友反映，旧小区改造是好事，但存在不少安全隐患。接到留言后，相关部门立刻展开调查，确认问题属实后，挨个落实到位。同时，也要求施工单位举一反三，形成长效管理机制，进一步提升老旧小区改造施工工程质量。

吉林长春："百吨王"横行？治理不能光靠罚，严处乱作为

"百吨王"肆意横行，还和执法者玩起了"躲猫猫"？长春网友留言反映，当地执法部门对违法超载砂石料货车监管不力，不仅损害合法经营者权益，更严重危害了交通安全。接到反映后，当地交通局联合交警大队立即做出整改，增加执法力量，严肃执法纪律，对执法人员不作为、乱作为的现象从严处理，全力保障人民利益。

贵州贵安新区：七座面包车塞进二三十人？高压严打

"七座面包车塞进二三十人！"贵州一网友留言反映，当地部分小包工头用面

包车运送工人时严重超载，且为逃避检查，常常早出晚归，更添风险。网友盼相关部门加大检查力度，保障百姓权益。经过调查，当地交警、经济发展办及客运站展开集中整治行动，目前共查获超载违法行为 5 起，查扣面包车 5 辆，并表示今后也会保持高压态势，严查农村黑面包车非法载人现象。

网友建言：安全生产工作莫要形式主义

"没有执法证，没有处罚权，想管管不了！"江苏一位网友称，作为一名安监办主任，本应行使执法监督的责任，工作却被各种督察台账填满。职责不明确，安监部门如何发挥作用？网友希望上级部门能够解决基层执法人员配置问题，为安全生产添砖加瓦。

"公共安全教育、安全生产教育应列入高校教学必修课。"一位网友向应急管理部建言。网友认为，学生是未来的领导者，如果对安全生产、防火用电、危险品识别等方面没有一定的知识储备，在遇到紧急情况时很难临危不乱。

"安全生产建言举报平台"旨在发动每一个员工、每一个家庭、每一个企业、每一个社区，积极查找身边的安全隐患，增强社会公众的安全责任意识，共同排除隐患、防范风险。同时，依托《领导留言板》各地办理系统及机制，该平台能将网民声音及时传达到国务院安委会及各级安全管理部门。

央视网

逆火而行

·记者：王敬东 邢明 李夏 等·

在祖国 74% 的国土面积

和 92.6% 的边境线上

有这么一群人

他们身着橙色灭火救援服

常年穿梭于密林深处

守护着高山和林海

为了战胜"火魔"

他们直面危险

忍受火浪灼烧

连续作战数十个小时不合眼

一场森林火灾

不止毁掉一片林

还可能造成更大危害

为了祖国的绿水青山

为了"逆火而行"的他们

请共同努力

防火于未"燃"

─── 光明网 ───

"119"消防宣传月
应急科普微视频系列报道

·记者：李政葳 孔繁鑫 黎梦竹·

 发现火情拨打"119"！
它的来历你知道吗

【应急科普微视频】发现火情拨打"119"！它的来历你知道吗

来源 光明网 2020-11-09 15:34

印尼：火山喷发

最热文章

习近平总书记关切事丨东北，"东病"之外的故事 **1**

镜头观察丨冬奥筹办 国之大事 **2**

焦点访谈：中国经济大海的V 极不平凡的答卷 **3**

你知道国内第一座人工室内水场吗 最美冬奥城 **4**

京津冀地区铁路建设"轨道上的京津冀"服务民众新生活 **5**

【聚焦 "119" 消防宣传月】

发现火情，大家都知道拨打消防报警电话 "119"，但关于它的由来，你知道多少？一年一度的 "全国消防日" 又是怎么来的？敬请观看，带你详解。

策划：李政葳 制作：孔繁鑫 黎梦竹

《光明网、应急管理部新闻宣传司联合出品》

[图编：李政葳]

【聚焦"119"消防宣传月】

发现火情，大家都知道拨打消防报警电话"119"，但关于它的由来，你知道多少？一年一度的"全国消防日"又是怎么来的？戳视频，带你详解。

如何正确拨打 119 报警电话？
这些注意事项 get 起来！

【聚焦"119"消防宣传月】

遇到火灾或需要紧急救助时，及时准确报警是首要环节，一旦报警出现失误，可能会失去最佳时期。如何正确拨打 119 报警电话？让我们来一起 get 拨打"119"的正确姿势吧～～

3 楼房失火怎么跑？
看完视频，关键时刻能救命

【聚焦"119"消防宣传月】

楼房火势汹汹，如何快速跑出火场？戳视频，成都市消防救援支队天府新区大队的工作人员带你详解。

4 速收藏！
正确使用室内消火栓攻略来了～～

三等奖

首页 > 生活频道 > 独家策划 > 正文

【应急科普短视频】速收藏！正确使用室内消火栓攻略来了～～

来源：光明网 2020-11-17 09:59

视觉焦点

印尼：火山喷发

最热文章

习近平总书记关切事：东北，"东阻"之外的故事 1

潮头观澜 | 冬奥蝶舞 国之大事 2

焦点访谈：中国经济大河的V 极不平凡的答卷 3

你知道国第一座人工室内水场吗 最美冬奥城 4

【聚焦"119"消防宣传月】

室内消火栓是在建筑物内部使用的一种固定灭火供水设备，火灾扑救时能就近提供水源支持，对于及时控制火势蔓延发挥着重要作用。如果遇到火灾，你知道怎么正确使用室内消火栓吗？戳视频，跟随成都市消防救援支队天府新区大队工作人员学习正确使用方法。

策划：李政葳 制作：黎梦竹 孔繁鑫

（光明网、应急管理部新闻宣传司联合推出）

[责编：李政葳]

【聚焦"119"消防宣传月】

　　室内消火栓是在建筑物内部使用的一种固定灭火供水设备，火灾扑救时能就近提供水源支持，对于及时控制火势蔓延发挥着重要作用。如果遇到火灾，你知道怎么正确使用室内消火栓吗？戳视频，跟随成都市消防救援支队天府新区大队工作人员学习正确使用方法。

5

带你康康，
微型消防站设备清单里都有"谁"

首页 > 生活频道 > 今日关注 > 正文

【应急科普微视频】带你康康，微型消防站设备清单里都有"谁"

来源：光明网 2020-11-27 19:59

视觉焦点

印尼：火山喷发

【聚焦"119"消防宣传月】

微型消防站是以救早、灭小和"三分钟到场"扑救初期火灾为目标，配备必要的消防器材，依托单位志愿消防队伍和社区群防群治队伍，在消防安全重点单位和社区、农村建设的最小消防组织单元。让我们随镜头看看，建在四川凉山州三河村里的微型消防站长什么样~~

策划：李政葳 制作：黎梦竹

（光明网、应急管理部新闻宣传司联合推出）

[责编：李政葳]

最热文章

习近平总书记关切事 | 东北，"冻词"之外的故事 **1**

源头规制 | 冬奥筹办 国之大事 **2**

焦点访谈：中国经济大写的V 极不平凡的答卷 **3**

你知道国内第一座人工室内冰场吗 最美冬奥城 **4**

【聚焦"119"消防宣传月】

　　微型消防站是以救早、灭小和"三分钟到场"扑救初期火灾为目标，配备必要的消防器材，依托单位志愿消防队伍和社区群防群治队伍，在消防安全重点单位和社区、农村建设的最小消防组织单元。让我们随镜头看看，建在四川凉山州三河村里的微型消防站长什么样~~

6

清醒一下！
这些厨房火患不容小觑，很可能毁掉您的家

三等奖

【消防科普微视频】清醒一下！这些厨房火患不容小觑，很可能毁掉您的家

来源：光明网　2020-11-27 20:15

【聚焦"119"消防宣传月】

厨房是室内火灾的频发地。然而，这些厨房火灾隐患，你都知道吗？赶快戳视频，看看这些是不是你的"翻车现场"……

策划：李政葳　制作：黎梦竹 孔繁鑫

（光明网、应急管理部新闻宣传司联合推出）

[责编：李政葳]

视觉焦点

印尼：火山喷发

最热文章

习近平总书记关切事 | 东北，"冻词"之外的故事　**1**

潮头观澜 | 冬奥筹办 国之大事　**2**

焦点访谈：中国经济大写的V 极不平凡的答卷　**3**

你知道国内第一座人工室内冰场吗 最美冬奥城　**4**

【聚焦"119"消防宣传月】

厨房是室内火灾的频发地。然而，这些厨房火灾隐患，你都知道吗？赶快戳视频，看看这些是不是你的"翻车现场"……

—— 中国网 ——

全国安全生产专项整治三年行动专题

·记者：徐海波·

2020年5月19日，国务院安委办、应急管理部召开全国安全生产专项整治三年行动专题视频推进会议。中国网应急频道第一时间策划制作专题，将全国应急领域围绕全国安全生产专项整治三年行动新闻以专题的形式进行聚合发布传播。

央广网

不断从实践中总结经验
全面提高抗灾能力

·记者：陈锐海·

今年入汛以来，我国连降大雨，防汛形势严峻。8月18日下午，正在安徽省考察调研的习近平总书记强调，我们要提高抗御灾害能力，在抗御自然灾害方面要达到现代化水平。

习近平总书记多次对防汛救灾作出指示及部署，要求始终把保障人民生命财产安全放在第一位，采取更加有力措施，切实做好防汛救灾各项工作。7月17日，中共中央政治局常务委员会召开会议强调，要精准预警、严密防范、高效救援，要全面提高灾害防御能力，把加强防灾备灾体系和能力建设等纳入"十四五"规划中统筹考虑。

这要求我们在不断实践中持续推进应急管理体系和能力的现代化建设，使防灾减灾救灾达到科学、高效的水平，进而有力化解重大安全风险，确保人民群众生命财产安全及经济社会平稳良好发展。

提高抗灾能力符合我国基本国情。 我国是世界上自然灾害最为严重的国家之一，灾害种类多，分布地域广，发生频率高，造成损失重，这是一个基本国情。防汛救灾关系人民生命财产安全、粮食安全、经济安全、社会安全、国家安全。提高抗御灾害能力事关重大，这既是一项紧迫任务，又是一项长期任务。

提高抗灾能力彰显生命至上理念。 救灾是人类与自然灾害斗智斗勇的过程。在这场对决中，时间就是生命。越是提前预警、排查隐患、转移人员，越可能抢占先机。方案越完善，物资越充足，设备越专业，救援就越科学、高效。救灾能力提高了，人民群众的生命财产损失也就随之减少。这背后是"人民至上、生命至上"的理念。

提高抗灾能力护航全面建成小康社会。今年是决战决胜脱贫攻坚和全面建成小康社会的收官之年，全面建成小康社会牵涉方方面面，补齐安全短板至关重要。提高抗御自然灾害的能力，不仅能为全面建成小康社会提供更强有力的安全保障，也有利于尽快恢复灾区生产生活秩序，防止贫困地区因灾返贫。

正如习近平总书记所言，中华民族同自然灾害斗了几千年，积累了宝贵经验，我们还要继续斗下去。只有尊重自然，顺应自然规律，与自然和谐相处，不断从抵御各种自然灾害的实践中总结经验，我国抗御灾害能力才能全面提高至现代化水平。

——— 中国应急管理报 ———

对党忠诚 纪律严明 赴汤蹈火 竭诚为民

——写在国家综合性消防救援队伍组建两周年之际

·记者：邵卫卫·

时间的刻刀，在历史之壁雕凿。火光迸裂中，又迎来"11·9"。

两年前的 11 月 9 日，中共中央总书记、国家主席、中央军委主席习近平亲自为国家综合性消防救援队伍授旗致训词。这是值得铭记的历史性时刻，一支全新的人民队伍从此踏上新的征程，一面高擎的队旗引领我们翻开新的篇章。

两年，只是滚滚历史长河中的一瞬，但在国家综合性消防救援队伍的成长历程中，却具有极不寻常的意义。在党中央的坚强领导下，在"四句话方针"的有力指引下，崭新的消防救援队伍坚定践行人民至上、生命至上，在向"全灾种、大应急"的奋力攀登中，努力达到新时代的新高度。

山河为碑、人心即名。回眸激动人心的授旗时刻，"火焰蓝"更加耀眼夺目，转型强能的浪潮愈加波澜壮阔、滚滚向前。

在天津市西青区消防救援支队张家窝中队中队长贺一哲的书房里，摆放着两张照片。一张是身穿"橄榄绿"，曾在内蒙古、黑龙江森林消防队伍工作多年的父亲贺志宏；另一张是身穿"火焰蓝"的贺一哲。

父子两人都有写日记的习惯，字里行间闪烁着赤胆忠心。

两代消防人，一片赤诚心。对党忠诚，是这支队伍与生俱来的政治血脉，更是

对党忠诚，永远听党话跟党走。

永远不变的建队之魂。

两年来，由公安消防部队、武警森林部队转制组建的国家综合性消防救援队伍，以"四句话方针"固本培元，以思想武装凝魂聚气，让理想信念的精神支柱巍然矗立，把对党忠诚的政治底色擦得格外耀眼。

——以思想境界的提升坚定忠诚

强队必先强心，强心重在铸魂。

应急管理部党委坚持把深入学习贯彻习近平新时代中国特色社会主义思想作为重中之重，把"四句话方针"作为立队之本、兴队之要，深入开展"不忘初心、牢记使命"主题教育，接连开展"学训词、铸忠诚、创新业、立新功""牢记总书记训词、建设过硬队伍""践行训词精神、担当神圣使命、坚持'五个不动摇'"等主题教育，

教育引导广大消防指战员增强"四个意识"、坚定"四个自信"、做到"两个维护"，切实打牢永远做党和人民忠诚卫士的思想政治根基。

——以赴汤蹈火的行动践行忠诚

尽管激流滔滔、烈焰腾腾，但消防指战员"受命之日，则忘其家；临阵之时，则忘其亲"，对党的忠诚、对人民的赤诚是逆向而行的制胜"法宝"。

今年7月22日，百年一遇的洪水让巢湖超历史最高水位。安徽省庐江县石大圩突然漫堤溃口，约6500名群众被围困。

"让我去，我打头！"已连续奋战96小时的庐江县消防救援大队政治教导员陈陆，义无反顾跳上橡皮艇，在营救过程中突遇激流旋涡不幸牺牲，用生命诠释了忠诚。

……

星空灿烂，由无数英雄点缀；大河奔涌，由无数力量汇聚。

从人生的字典里没有"放弃"两个字的丁良浩、誓用忠诚和坚守把壮美的紫禁城完整交给下一个六百年的蔡瑞，到在"林海孤岛"中守望半个多世纪的内蒙古自治区森林消防总队大兴安岭支队奇乾中队、击不垮打不倒的四川省森林消防总队凉山支队西昌大队，再到"水火见忠诚的英雄卫士"江西省九江市消防救援支队、奋斗在"战疫"最前沿的湖北省洪湖市消防救援大队……

从"林海孤岛"到"祖国心脏"，从巍巍青山到滚滚洪流。一个个英雄的名字、一个个战斗的集体，用如山信仰、如铁信念、如磐信心，牢牢树立起对党忠诚的巍峨丰碑。

以党的旗帜为旗帜，以党的方向为方向，以党的意志为意志，这支队伍永远听党话、跟党走，将忠诚书写在广阔天地间、人民心坎里。

纪律严明，让作风更硬形象更好。

改制不改志，换装不换色。

改制以来，江西省瑞金市消防救援大队用严明的纪律促进战斗力的提升，换来"红色故都"180多处革命旧址旧居、1万多件"红色瑰宝""零火情"。

战斗力，不是用嘴喊出来的，是靠纪律管出来的。

接警调度用秒卡，队列训练用尺量。严格管队治队，让刚从部队退役的新消防员谢伟斌感叹不已："没想到瑞金市消防救援大队正规化建设这么过硬，刚来就有

一种回到部队的感觉。"

令严方可肃军威，命重始足整纲纪。集聚在新旗帜下的国家综合性消防救援队伍，坚决树起"五个不动摇"的鲜明导向，坚持用铁的纪律打造铁的队伍，实现了管理更严、作风更优、形象更好。

——从严管理，扎紧制度的"笼子"

火场如战场，纪律作保障。作为一支随时冲锋的队伍，没有纪律性何来战斗力？

从开展教育整训，到推动出台消防救援衔、消防员招录、工资待遇等 26 个配套政策文件，再到制定实施《内务条令》《队列条令》等 17 个管理规章……用纪律严、靠纪律管，这支队伍保持了旺盛的战斗力，衣不解甲、马不卸鞍，枕戈待旦一以贯之，英勇顽强、不怕牺牲的战斗作风一如既往。

——从严正风，擦亮队伍的"名片"

主力军和国家队的"牌子"，是党和人民赋予的，必须纤尘不染、熠熠生辉。

从严密组织消防执法问题大起底大整治到开展作风纪律专题教育整顿，从建立基层风气监察联系点到开展以案为鉴警示教育……两年来，这支队伍在全面除积弊、重典治顽疾中勠力前行，持续刮起一股荡涤沉疴的旋风、催生上进的清风，人心士气更加凝聚振奋，政治生态更加"山清水秀"。

——从严治训，拉近操场与战场的"距离"

训练不拼命，打仗就丢命。从以灭火为主到应对"全灾种、大应急"，这支队伍不懂就学、不会就练，进山入林、涉江下河，在真烟真火、实景实地的训练中，不断掌握新技能、实现新跨越。

旷宏刚是四川省森林消防总队阿坝支队汶川大队汶川中队四级消防士，2018 年底被选派参加山地救援技能培训。如今，可在"火线上鏖战、峭壁上行走"的他，成为"酵母"和"种子"，带领大队的山地救援能力和体系建设高效推进、快速形成。

"我们做的是应急救援的工作，关键时候能不能应急还得看平时练得够不够。"旷宏刚说。

......

今年，中央第八巡视组巡视应急管理部党委。这也是对国家综合性消防救援队伍的一次"政治体检"、精神的"集中补钙"、作风的"综合会诊"、工作的"全面促进"，让这支队伍再次接受深刻的思想洗礼和党性教育。

赴汤蹈火，战斗在最危险的地方。

2019年转制之初，缺训练场地、缺装备、缺教员。如今，多功能训练场相继建成，山岳、水域、地震等救援器材陆续装备到基层一线，在泥石流等灾害救援中大显身手。

从"三缺"到"多能"，云南省森林消防总队普洱支队在困局中转型升级，在挑战中提质强能，成为国家综合性消防救援队伍适应新形势、破解新难题的生动实践。

向科技要战斗力，向保障要战斗力，向体制要战斗力……这两年，从最紧迫的问题抓起，从最突出的短板补起，转型升级步履铿锵、成效显著。

——着眼大应急体系建设，制定部级应急预案和响应手册，建立多部门会商研

判、预警响应机制，与军队、社会应急力量和大型企业建立联勤联动联保协作关系，初步构建了畅通高效的应急指挥机制。

——着眼全灾种救援任务，全国布点组建 8 个机动专业支队，各地分类别组建地震、水域、山岳、洞穴等专业救援队 2800 余个，建设南方、北方空中救援基地，努力提升综合救援能力。

——着眼体系化装备建设，加快补充急需装备，升级换代常规装备，研发配备高精尖装备。目前，消防车配备达到 5.3 万辆、消防船艇 7400 余艘、各类专业救援装备器材 1160 万件（套），基本涵盖城乡和森林草原火灾扑救以及洪涝、地震、地质、建筑坍塌、危化品泄漏等灾害事故处置的各个领域。

……

用大视野谋划转型升级，用大手笔推动提质强能，用大气魄促进革故鼎新，砥砺了制胜的刀锋。这，成为赴汤蹈火的有力保障、敢战能胜的最大底气。

出现在人民最需要的时候，战斗在最危险的地方，这支队伍用血肉之躯筑起坚不可摧的安全屏障，用斗志豪情创造感天动地的生命奇迹。

——他们，是惊涛骇浪中的一叶舟，摆渡生命

洪峰迭起，多地告急。今年，我国面临 1998 年以来最严峻汛情。

洪峰浪尖里、万里长堤上，到处闪动着"火焰蓝"追风赶雨的身影。

"你不要命啦？不要命啦？！"看到电视上播放儿子陈同录在洪水中救援的画面，陈母马上拨通儿子的手机，近乎咆哮地问。

7 月 8 日，江西省鄱阳县响水滩乡洪水肆虐，预置在附近的消防救援人员立即赶到现场救援。

手机没信号，没人知道被困人员在哪里、有多少。时任鄱阳县消防救援大队代理大队长的陈同录，指挥着橡皮艇在洪水中迂回前行，"只要看到有危险的房子我们就去，看到有危险的地方我们就去"。

孤军深入奋战 8 小时，救出被困群众 23 人，疏散群众 78 人。"在洪水中，我

才真切感受到，危险时刻，让群众更安全，就是我们这支队伍存在的意义和价值！"陈同录说。

——他们，是巍然挺立的一堵墙，挡住死神

每一条生命都无比珍贵，每一次冲锋都勇往直前。山火肆虐、余震来袭、毒气弥漫……这支队伍向险而奔心不惧、逆向而行色不改。

今年 3 月 24 日 15 时，山西省晋中市榆社森林火灾扑救任务进入攻坚阶段。根据联指命令，各参战队伍对 2 号火场发起总攻。

随队增援山西灭火作战任务后，三天两夜没合眼的甘肃省森林消防总队陇南支队天水大队二中队中队长马三瑞抢到党员突击队队长的头衔。

"枪头给我！"马三瑞抢过水枪头，站在了离火头最近的地方。经过 1 小时的生死对峙，"豪横"的火魔覆灭在突击队的脚下。

——他们，是沉沉黑夜里的一盏灯，点亮希望

湖北武汉，疫情的风暴眼。对多数人避之不及的病毒，陈建却"零距离"接触 3 个多月。

申请去火神山医院执勤备战、申请执行转送病患任务、申请转运医疗废弃物，作为湖北省武汉市消防救援支队特勤大队一站站长助理，陈建先后递交 3 份请战书。

"说不怕是假的，但只要人民群众有需要，我们就义不容辞，因为这就是我们的职责和使命。"陈建的话语，道出这支队伍的爱民之心、护民之志。

……

两年来，国家综合性消防救援队伍共接警出动 261.6 万余起，营救和疏散遇险群众 123.7 万余人。让党和人民信得过、靠得住、能放心，这支队伍跨越千山万水，战胜千难万险，守护千家万户。

——竭诚为民，解民忧纾民困暖民心

今年9月，受台风"海神"影响，吉林省吉林市大片农田被淹，急需排涝放水。按照应急管理部部署，山东省消防救援总队济南抗洪抢险排涝分队跨越千里，驰援吉林战"海神"。

"感谢党，感谢政府，感谢你们，你们来了，我们就放心了！"一位85岁的老奶奶摸黑来到排涝现场，肺腑之言令人动容。

"你们来了，我们就放心了！"一次次响起于烟笼雾罩的火场、抗震救灾的废墟、抗洪抢险的堤坝，饱含着人民的如山重托，彰显了这支队伍竭诚为民的根本宗旨。

保民平安、为民造福，是广大消防指战员勇敢的全部理由、前进的不竭动力。这不仅体现在不惜一切代价的抢险救援中，也体现在打破一切藩篱的改革创新里、想尽一切办法的纾困解难上。

—— 人民的呼唤，就是前进的方向

深化消防执法改革，是一场刀刃向内的革命。

建设工程消防审验职责顺利移交，"双随机、一公开"监管全面铺开……最近两年，按照中共中央办公厅、国务院办公厅《关于深化消防执法改革的意见》，在民有所呼、我有所应的革故鼎新中，群众称赞多了，满意度提高了。

立等可取，16秒即可拿证。这是令人瞩目的"海南速度"。"高效便捷的办事流程为企业提供了更多便利，降低了成本。"海底捞海南吾悦广场店负责人许祝才，拿着综合审批自贸港公众聚集场所投入使用并业消防安全检查许可证高兴地说。

—— 人民的需要，就是最大的牵挂

今年7月20日，"千里淮河第一闸"王家坝闸开闸分洪，蒙洼蓄洪区一片汪洋。

安徽省阜南县曹集镇是河南省消防救援总队洛阳支队的一处驻勤点。分洪前夜，该支队从洛阳紧急出发，7月20日上午刚落脚，就遇到紧急情况——当地村民郭国

军有 30 多吨收好的艾草没来得及转移。普通农家哪能承受得起这么大损失！

接到指令后，40 多名消防员连续奋战近 5 小时，赶在洪水来临前，将艾草全部转移。郭国军说，自己"得救"了！

——人民的褒奖，就是最大的荣誉

谁把人民放在心上，人民就把谁放在心上。为民而生、为民而战，民之所向、我之所往，这支队伍在服务人民中赢得人民，在传递力量中汲取力量。

2019 年 6 月，云南省昆明市晋宁区突发山火，打火进行到第 4 天时，扑火队员的补给近乎用光。

没有运输工具，没有防火鞋，当地群众二三十人结成一组，踩着烫脚的火磴子，将水和食物徒步背到打火场，送给消防指战员。

改革转制初期，曾经想过离开。但这同相守、共进退的情谊，让云南省森林消防总队昆明支队安宁大队二中队副班长李攀对所守护的山林和当地的百姓难以割舍。

"在光与火之中，有个身影在穿梭；有危险的地方，就有你们""致敬最可爱的人，愿你们永无出警之日"……这是陌生人发自肺腑的祝福。

"顾大家，舍小家，让党放心，让人民放心，我们做父母的就更放心""我感到骄傲，有你们，国之平安，民之幸运"……这是父母引以为傲的理由。

"照顾好自己，你守国，我顾家""陪着他从'橄榄绿'到'火焰蓝'，从未抱怨过，只希望他们安全"……这是妻子深明大义的支持。

……

四面八方汇聚的温暖，天南海北涌来的祝愿，亲朋好友的并肩同行，让他们收获无数感动，赋予他们无上荣光，激荡起无穷力量。有了民心所向、民意所归、民力所聚，这支队伍一定能战必胜、攻必克。

"防范化解重大风险体制机制不断健全，突发公共事件应急能力显著增强，自然灾害防御水平明显提升，发展安全保障更加有力""统筹发展和安全，建设更高水平的平安中国"……党的十九届五中全会谋划长远，为中国应急管理事业擘画了一幅波澜壮阔的新图景。

回首过去，激情满怀。这支队伍初心如炬、使命如山，打赢了一场又一场硬仗，创造了一个又一个奇迹，不愧为总书记亲自缔造的队伍，不辜负总书记亲自授予的旗帜。

展望未来，任重道远。这支队伍不忘初心、不懈奋斗，必将跨越一个又一个险滩，征服一座又一座险峰，全力推进消防治理体系和治理能力现代化，在矢志不渝践行"四句话方针"中铸就新的更大辉煌。

— 澎湃新闻 —

林中路丨以何救火

　　澎湃新闻"林中路"报道团队准备了一年，走访了中国东北、西南、东南三地林区之后，以森林消防相关人物故事为主线，用视频、图片、数据图表、交互地形图等形式进行串联，对中国森林消防体系的现状与困境的进行全景式立体式的报道。是当下中国应急系统建立之初，森林消防体系改革之际，中国第一个综合报道森林消防体系的融媒体产品。

　　作品于木里火灾周年祭之时发布，一经发布即受到森林消防业内外人士的关注和一致好评，社会反响热烈。

三等奖

应急部森林消防局：尚有一大半省区尚未部署国家森林消防力量，将组织跨省机动驻防

·记者：张炎良·

11月5日，国务院新闻办公室举行国家综合性消防救援队伍改革发展情况发布会。发布会上，针对秋冬季南方森林火险等级不断升高，许多省份还没有森林消防队伍的情况，应急管理部森林消防局副局长闫鹏介绍，我国尚有一大半的省区还没有部署和驻防国家森林消防力量，现已驻防森林消防队伍的省区也没有实现市县的全覆盖，而是依风险的等级进行重点的布防。

他表示，近些年来，随着我国生态文明建设的加速推进，森林生态系统加快恢复，使重大火灾的风险隐患持续攀升，任务压力越来越大，森林消防队伍力量不足的矛盾十分突出。在此情况下，为有效应对今冬明春全国严峻的森林防火形势，按照应急管理部的部署，森林消防局将重点采取组织跨省机动驻防、坚持预防为主、不断提升救援能力等措施。

闫鹏介绍，森林消防局在组织跨省机动驻防，缓解没有国家队驻

▲应急管理部森林消防局副局长闫鹏

守的重点省份的防火压力方面，根据南北方防火季节和时间的不同，科学统筹现有的力量，今冬计划抽调1750人和2架直升机到河北、广西、陕西等省区驻防，作为本省区专业拳头和突击力量，随时应对突发火情，把有限的力量运用好。

另外，针对力量严重不足的问题，森林消防局也一直在协调国家有关部门，积极推进增编组建工作，争取为没有森林消防队伍部署的省份编配一些机动力量，进一步填补和防范我国森林防灭火的盲区、险点，有效解决日益增长的火灾风险与专业力量不足的矛盾，切实提升我国防范化解重大森林火灾风险的能力。

据介绍，在预防方面，森林消防局进一步加大靠前驻防的力度，把灭火力量、指挥机构、主战装备向重点高危区域布防，向防灭火一线延伸，确保一旦有火就近就快，打早打小，防止小火酿成大灾，组织开展防火巡护、计划烧除等勤务，同时注重发挥主流媒体的作用，扩大防火宣传的受众面，提高全民防火意识，减少人为火灾发生的频次。

如何防范类似响水爆炸事故再发生？
应急管理部副部长答封面新闻

·记者：代睿·

4月28日，国新办举行《全国安全生产专项整治三年行动计划》新闻发布会。针对危化品行业安全生产整治，如何避免再度发生类似响水爆炸事故的问题，应急管理部副部长孙华山在回答封面新闻记者提问时表示，将突出危化品行业自动化、智能化的改造，从本质上提升该行业安全水平。

"国外化工企业，在美国、欧洲爆炸的也不少，但最大的问题，人家爆炸的基本上不死人，而去年发生的'3·21'江苏响水事故，包括以前的天津、昆山，类似事故群死群伤，伤亡很大。"孙华山解释说，这里面最大的一个问题是我们本质安全水平不够高，危险的工艺、危险的岗位、危险的区域人多，所以我们提出用机械化换人、自动化减人，就是在危险的岗位用机器来替代人，在高风险区域用自动化把人减下来，这就是我们要实施的化工本质安全的问题。

孙华山在回答记者提问时指出，三年行动专项中危化品的风险防控也是一个重点，主要安排了三个方面的专项。一是危险化学品的生产；二是工业园区，实际上主要是化学园区；三是危险废物的专项治理。

关于工业园区的安全整治，孙华山表示，工业园区最大的问题是简单地把化工企业搬到一起，没有科学的、整体的规划、整体的风险评估，从而产生了多米诺骨牌现象的发生。

"本来一个园区有很多优势，但如果不规划好、不设计好、源头上不控制好就会产生多米诺骨牌效应，这也是响水事故群死群伤的最大教训。"孙华山说，这次专项整治，一是抓园区的规划布局，科学规划园区区域布局，明晰园区产业发展规划，严格进入园区项目的准入条件，就是要防止多米诺骨牌效应。二是抓整体性风险管控。对园区进行全面的风险评估，园区里对一个项目评估可能是安全的，两个项目可能也安全，但是加在一起整个园区的风险大大增加。所以在这次整治中要求对园区进行整体性风险评估。三是抓智能化建设。就是进行园区一体化管理，进行信息化的监控，建立监控平台。对园区中企业一旦发生异常生产状况、有跑冒滴漏，第一时间能够反应，及时地进行救援应急，保证事故遏制在萌发阶段。

对于危险废物的安全整治，孙华山介绍说，响水事故的原因之一是危险废料在企业里长期堆积，就是一个重大风险，这种风险越来越大，类似的情况在各个行业领域都存在。所以对危险废物的专项治理也是一个非常突出的问题。这次专项整治中9个专项中就有危险废物的专项治理，就是要把危险化学品的全过程监管实施起来，从生产、经营、贮存、运输到废弃物的处置全链条加强监管。

应急管理部宣传教育中心

新形式新内容新成效
全国安全宣传咨询日活动进入"云时代"

·记者：田静 岳勇华 王恋一·

今年6月是第19个全国"安全生产月"，6月16日是全国安全宣传咨询日，全国各地围绕"消除事故隐患，筑牢安全防线"主题，线上线下相结合开展了"主播走现场""安全生产大家谈"云课堂、校园安全公开课、安全知识有奖答题、安全体验场馆360全景示范展示等9个既有声势又有实效的宣传教育活动，宣传安全知识，提升公众安全素质，营造浓厚的安全氛围。

16日上午9点，"主播走现场"活动在央视新闻客户端率先上线，活动创新采取"现场演练＋线上观看"的形式，邀请知名主播走进山西省和重庆市应急演练现场，围绕家庭用电安全、火灾逃生等老百姓关心关注的安全知识，开展应急演练和安全体验活动，"云"演练直播吸引843万人次观看。

16日下午3点，"安全生产大家谈"上演首场公开课，中国安全生产科学研究院原院长刘铁民做客人民网，以"生命重于泰山 责任义不容辞"为题，讲授习近平总书记关于安全生产重要论述的重大意义和基本要义，提升安全生产核心领导力，"硬核"的专家和内容也引起了社会广泛关注。17日下午3点，中国工程院院士、清华大学公共安全研究院院长范维澄做客人民网，阐述公共安全科技创新对风险评估、监测预警和安全生产保障等方面的重要作用。

16日晚上7点，邀请北京地震局重大项目总技术指导邢成起、北京消防救援总队原副总队长李进、清华合肥公共安全研究院院长助理梁光华、张家口教育局科长崔祥烈、教育部某课题组长何卫国等5位专家，在人民网、中国教育学会安全教育平台，以通俗易懂的方式，面向学生讲授防震减灾、消防安全、校园安全、阳光校园、安全为教育保驾护航等内容，及时互动答疑释惑，帮助学生提高应急避险和自救互救能力，累计1100万人次观看了直播。

2020年以来，本应作为安全教育重要内容的安全体验场馆受到疫情严重影响，人流量锐减。为充分发挥安全体验场馆应急科普作用，今年安全生产月活动期间，应急管理部宣教中心与科普中国共同举办了安全体验场馆360全景示范展示活动，在全国范围优选了消防、地震、交通等方面13个安全体验场馆和17个安全体验项目，

通过 360 全景示范展示和在线观看体验的方式，吸引了 200 余万人次跨越时空限制，在云端感受体验式安全教育的魅力。

与此同时，三项各具特色的安全知识答题活动在不同平台吸引着不同人群的关注。新浪微博在 6 月 16 日当天围绕有限空间、交通安全、矿山安全、危化品、生活安全、自然灾害等生产生活中常见安全内容，面向微博达人开展安全知识答题活动。中国女排前队长惠若琪在支付宝答答星球，为"全民安全大作战"活动加油打气，以小清新的游戏道具吸引 3933 万人次参与安全知识 PK。连续四年面向社会公众开展的全国安全知识网络竞赛，丰厚奖品设置更吸引了 2912 万人次参与答题学知识，覆盖全国 31 省和部分中央企业，活动影响力不断加大。

"我是安全明白人"抖音话题和"身边的安全谣言"新浪微博话题自上线以来得到社会热烈响应，群众纷纷拿起手机参与活动，拍摄身边的不安全行为和不安全操作，分享身边常见的安全知识误区，帮助大家识别身边的安全隐患和安全谣言，学习安全知识。抖音话题参与视频 31.1 万，播放量达 11.4 亿次，微博话题阅读量达 616 万次。

　　在做好线上教育活动的同时，今年安全宣传咨询日活动创新宣传方式，在公益宣传方面持续加码。在抖音、滴滴等热门 App 设置开屏广告，宣传覆盖数亿网民，在全国候车（机）厅、铁路站台和列车车厢循环播放"安全生产月"宣传片和公益广告，助力复产复工，营造安全生产浓厚氛围。在京东户外电子屏、快递外包装等群众接触较多的载体播放、粘贴安全公益提示等，其中户外包装仅北京地区就投放了 20 万贴，随着物流发向千家万户。多渠道投放让安全知识触手可及，让"安全月"元素随处可见。

——— 中国应急信息网 ———

第十二个全国防灾减灾日

·记者：周柏豫 牛青 王曦 等·

2020年5月12日是我国第12个全国防灾减灾日，主题是"提升基层应急能力，筑牢防灾减灾救灾的人民防线"。中国应急信息网主动创新策划，制作融媒体专题，集图文、短视频、图解等多种形式，设置要闻、地方动态、科普馆、历年回顾等栏目，集中进行宣传报道，发布稿件260余条，覆盖受众上百万，为第12个全国防灾减灾日相关活动开展营造浓烈的舆论氛围。

中国应急管理报

成果 刻在山上 印在心里

—— 贵州省应急管理厅定点帮扶贫困村见闻

·记者：杜振杰 罗雄鹰 曹博远·

　　11 月 23 日，贵州省宣布，通过合力攻坚，全省 9000 个贫困村全部出列，66 个贫困县全部摘帽。其中就有贵州省应急管理厅定点帮扶的黔南布依族苗族自治州罗甸县的 5 个贫困村。罗甸县属国家级贫困县，全县 99% 的人口为布依族，其中凤亭乡交吾村为一类贫困村，凤亭乡联明村、红水河镇罗暮村为二类贫困村，红水河镇俄村村、罗妥村为三类贫困村。5 个村共有 36 个村民组 1773 户 7409 人，2014 年贫困发生率为 55.93% 至 35.45%。

脱贫目标实现，是村民与驻村干部最快乐的时刻。

　　记者在采访时看到，经过几年的努力，这 5 个村的贫困发生率在迅速下降。2019 年至今，贵州省应急管理厅共下拨自然灾害救灾资金 1800 余万元用于县级层面帮扶；下拨自然灾害救灾资金 600 万元，为 5 个帮扶村完善了安全、应急、生活设施及产业配套设施。此外，该厅还为村民协调价值约 100 万元的复合肥 300 余吨，用于农业产业发展；协调价值约 27 万元的水泥 600 吨、石砂 200 方，用于保障 5 个村的人居环境整治；协调资金 20 万元，用于帮助罗妥村、交吾村开展省级城乡示范社区建设。

油茶花，脱贫致富的幸福花。

　　"通过贵州省应急管理厅上下努力，特别是驻村干部的辛勤付出，按时完成了'县摘帽、村出列、户脱贫'全面清零的脱贫攻坚目标。我们的苦与累化作了村民的幸福，留在了大山深处，这是贵州应急人的骄傲。"贵州省应急管理厅党委书记、厅长冯仕文说。

镜头一：把水泥路铺到果园

红水河镇俄村村，记者乘坐的车在 3 米宽的水泥路上，缓缓地爬上了山坡。来到一个山头，记者看到一座新建的房屋内存放着种植果树的工具和物资，周围堆放着农家肥。周围的梯田上种满了脐橙树，虽然是冬季，但完全可以想象到，盛夏时满山的葱绿与希望。

昔日的荒山，今天的果园。

"这 200 亩脐橙今年陆续挂果了，由贵州省应急管理厅出资 54 万元修建的水泥路也修好了，今后村民往返果园、运输脐橙更方便了。"贵州省应急管理厅驻村扶贫工作队队长、驻俄村村第一书记陈剑波说。

要想富先修路，在地无三尺平的贵州，要靠种植、养殖业脱贫致富，就要开垦荒山，而修路便成了头等大事，这也是贵州省应急管理厅驻村干部在 5 个帮扶村首先开展的工作。如今，在 5 个帮扶村，不但路铺到了果园，而且，"村到组、组到户、户到户，出门就是水泥路"。

镜头二：家家用上干净厕所

"我刚进村时，家家户户没有厕所，男女老少都在山坡上解决内急。如今，每家每户都装上了冲水蹲便，这个变化对于住在深山中的布依族村民来说是革命性的。"驻红水河镇罗暮村第一书记田汉激动地对记者说。

此话不假，记者随便走进一户人家的厕所，看到的是干净整洁的冲水便坑，有的人家还用上了坐便器。

"把露天大小便搬进屋子里，这个看似简单的事，对于久居深山的人来说，一点都不简单。"田汉告诉记者，之所以先从"厕所革命"入手，是想不断转变村民的思想观念，通过这件小事告诉他们，什么是现代生活，什么是乡村文明，从而唤醒他们对美好生活的向往，这也是扶贫先扶智的开始，而围绕"三改"（改厨、改厕、改圈）工作，还有很多故事可讲。

"两不愁，三保障"让村民的日子越过越红火。

镜头三：荒山变身油茶基地

在凤亭乡联明村的山顶，借助无人机空中拍摄，记者看到了该村 4000 余亩油茶种植基地的全貌，30 万株油茶树郁郁葱葱，一丛丛雪白的油茶花开得正旺。

联明村依托独特的气候优势和丰富的荒山资源，发展油茶种植，2019 年，油茶籽产量达 10 万余斤，产值 100 多万元，预计今年的收入将更加可观。

为解决产销问题，贵州省应急管理厅协调资金，在罗甸县城建成了罗暮村茶油加工厂，直接将油茶籽压榨成油出售，大大增加了产品附加值。

"除了种植油茶树外，我们还建成了百香果种植园，建设了 2 万只养殖规模的养鸡场。"驻联明村第一书记陈兴国坦言，村集体的经济收益有保障，保住脱贫成果才更有底气。

镜头四：打出品牌直播带货

走进凤亭乡交吾村，映入眼帘的是整洁的水泥路面和错落有致的居民二层小楼，家家户户门前用竹子做的围栏里，种着百香果树，树上果实累累，香气四溢。外人可能很难想象，这里曾是一类贫困村。

2019 年，扶贫工作队经过调研分析，决定将种植百香果作为罗甸县脱贫致富的产业后，贵州省应急管理厅当即协调 20 多台挖掘机，帮助该县建设"万亩百香果产业带"项目。其中，交吾村一个村就完成了近千亩的荒山土地整治。

在交吾村的山头上，记者看到，依山而建的层层百香果园覆盖了许多座山。钻进棚架，扑面而来的百香果一颗颗砸在头上，棚架下还套种着油茶树，旁边整齐摆放着一个个蜂箱，立体化种植、养殖业已成规模。

"2430 亩百香果已经成为村民就业和致富的重要途径，辐射带动就业 430 余人。我们注册了'黔农谷'商标，想让这些香甜的果实尽快走出大山。"驻交吾村第一书记李彬对记者说，随着道路交通状况的不断改善，村民们可以通过直播带货将百香果销往全国。

镜头五：从脱贫致富到幸福平安

红水河镇罗妥村地处红水河畔，山清水秀，该村以"合作社 + 农户"模式流转林地 2646 亩，种植柚木、黄花梨等 12.1 万棵，农户每年都有稳定的分红收益。

记者看到，该村村委会旁修建了崭新的文化广场、灯光篮球场，村民们的钱袋子鼓起来后，更要让他们的文化生活"火"起来。

"下一步我们要考虑的是如何保护脱贫成果，不能让群众因灾返贫。为此，我们村建了应急物资仓库，常备小型救灾设备，还有一台应急供水车。"驻罗妥村第一书记李文武自豪地说，他想通过建立应急物资仓库，逐渐增强村民的防灾意识，提升他们的自我保护能力。因为，平安是乡村振兴的基础。

从不会养，到 1 年养 1 万只肉鸡，50 岁的蒙泽勇成了脱贫致富的带头人。

[记者手记]

一个县内的 5 个村，彼此间的直线距离不超过 30 公里，但走访这 5 个村，记者乘坐的汽车在垂直高差 600 多米、宽 3 米的道路上，摇摇晃晃地行驶了两天。"晕

车的人不适合到这里来。"这是我们几个同行者的共识。

"我是主动报名驻村的。"

"我们 5 名驻村干部组成了临时党支部。"

"驻村命令下来,我借钱买了辆四驱的越野车。"

"一年半的时间,我的吉普车跑了 4 万多公里。"

"如果在这里举办一场汽车拉力赛,我可以不用领航员,一定拿冠军。"

……

在与 5 名驻村干部的短暂接触中,他们似乎已经忘记了过去的苦和曾经走过的艰难路,说起驻村扶贫工作,他们口中多是如何发展村集体经济的设想和建设美丽乡村的美好蓝图。

在贵州省应急管理厅,从党委书记、厅长冯仕文到机关各处室的工作人员,大家的心与帮扶村紧密相连。脱贫致富不是一个人的事,更不是"轻轻松松、敲锣打鼓"就能实现的。今天的脱贫,是明天美好生活的开始。当荒山挂满累累硕果时,贵州应急人的努力与汗水也印在了布依族村民的心上。

—— 中国安全生产杂志 ——

防控疫情，应急人在行动

·记者：孔晋华 潘文峥 张爱玲 等·

策划人语：

2020 年农历新年前夕，一种新型冠状病毒在湖北省武汉市肆虐，并迅速蔓延，扩散到全国。突如其来的疫情，阻断了许多人归家的脚步，打乱了人们的日常生活。

新冠肺炎疫情发生以来，习近平总书记高度重视，亲自指挥、亲自部署，做出一系列重要指示，多次主持召开会议，对疫情防控工作进行研究部署，提出明确要求。习近平总书记的重要指示，科学回答了打赢疫情防控阻击战的根本性、全局性、关键性重大问题，为做好当前疫情防控工作指明了正确方向、提供了根本遵循。

在党中央的统一领导下，举国上下凝心聚力，汇聚成了疫情防控的最大合力。在这个没有硝烟的战场上，中国人民上下一心，众志成城，释放出了强大能量。应急管理部党组认真贯彻习近平总书记重要指示精神，按照党中央、国务院决策部署，加强组织领导，落实防控责任，坚持每日调度会商，及时研究解决问题，全力组织做好应急管理系统疫情防控工作。疫情面前，一声令下，应急管理系统迅速进入"战时"状态，无数应急人紧急奔赴防控战场，在一线冲锋陷阵、攻坚克难，筑起一道道牢不可破的铜墙铁壁。

防控疫情是一场保卫人民群众生命安全和身体健康的严峻斗争，是一项重大政治任务，是当前最重要的工作和头等大事。疫情发生后，全国应急管系统各级各地党员干部迅速行动起来，把"守土有责、守土担责、守土尽责"的要求落实到一线，

甘愿为党和人民的事业牺牲奉献，在危难时刻挺身而出。据统计，春节期间，全国应急管理部门和消防救援队伍针对疫情防控形势，组织精干力量为 3041 家定点医院、2588 处集中隔离区、1504 家疫情防控物资生产企业提供安全指导服务，共派出 4892 个、16111 人次的安全服务组，指导帮助解决问题隐患 21746 项。及时调拨 10000 余顶救灾帐篷、近 10 万件棉大衣（棉被）、5000 张折叠床等应急救灾物资，支持开展疫情防控工作。调派两架直升机保障湖北省疫情防控工作，运送口罩、防护服、药品等防疫物资 5 吨，是湖北省疫情防控工作中首次通过直升机空运的方式运输防疫物资。

沧海横流方显英雄本色。关键时刻、危难关头，应急管理系统工作者以"最美逆行"的姿态，把初心写在行动上，把使命落在岗位上，以纪律严明、赴汤蹈火的精神，坚定站在疫情防控第一线。如今应急人仍在抗疫的路上努力和坚持着。他们正在英勇地执行着疫情防控期间的抢险救援任务，毫不放松地对定点医疗机构、隔离场所等重点部位进行着消防安全保障；他们主动服务防疫物资生产企业，解决安全生产实际问题，分类指导重点行业领域企业做好复工复产安全防范；他们关键时刻冲得上去，危难关头豁得出来，坚定不移把党中央决策部署落到实处，正在为打赢疫情防控阻击战创造着良好的安全环境。为此，本刊特别推出本期策划，记录逆行者的最美身影，抒写普通人的英雄事迹，用笔和镜头，向奋战在疫情防控第一线的全国应急管理干部职工、医疗工作者致敬。

没有一个冬天不可逾越，没有一个春天不会来临！当前，疫情防控工作到了最吃劲的关键阶段。我们坚信，有以习近平同志为核心的党中央坚强领导，有各级党组织的强大优势，有广大党员、干部的无私奉献，有人民群众的坚实依靠，有社会各界的大力支持，一定能打赢这场疫情防控阻击战！让我们共同祝愿：山河无恙，国泰民安！

"武汉胜则湖北胜，湖北胜则全国胜。"湖北省武汉市是疫情防控的重中之重，是打赢疫情防控阻击战的决胜之地。痛苦与坚韧，顽强阻击与八方驰援，武汉市——这座经历过辛亥炮火、抗日烽烟、特大洪水等无数历史考验的城市，此时此刻正处在新冠肺炎疫情防控胶着对垒的关键时刻，展开着一场命运攸关的卓绝斗争。

武汉：责任与担当并行 应急在战"疫"前线

往年的除夕前夕，大家应该是在欢欢喜喜地等待中迎接春节的到来，等待着阖家团圆、等待着春晚、等待着压岁钱、等待着一家团圆热闹的年夜饭……然而，一场突发的新型冠状病毒感染的肺炎疫情，让武汉人民的这个春节注定不平凡。随着一道道"战令"的下达，万千医护会师武汉，千万群众响应闭户，亿万国人鼎力来援，全民协同奏唱着一曲曲动人"战歌"，一场声势浩大的防疫阻击战以武汉市为主战场全面打响，在这场战"疫"中，武汉市应急管理系统的干部职工把"守土有责、守土担责、守土尽责"落实在"疫情"一线，磨炼应急保障机制，稳妥规范地战斗在阻击新冠肺炎另一战场。

积极分子主动请愿

1月22日（腊月二十八），武汉市的疫情形势突然紧张起来。当大家还处于恐慌和未知之中，武汉市应急管理局机关党委收到了一封来自一名入党积极分子刘洋

武汉开发区（汉南区）安监局工作人员为社区居民发放口罩，并宣传防疫知识。

的请愿书。刘洋在请愿书中写道："我作为一名入党积极分子，在这关键时刻，应当向坚守岗位、赴汤蹈火的党员同志看齐，积极参加疫情防控工作，为人民服务。"

同天，武汉开发区（汉南区）安监局认真贯彻落实市疫情防控指挥部工作会议精神，根据《武汉开发区管委会 汉南区人民政府关于成立新型冠状病毒感染的肺炎疫情防控指挥部的通知》要求，制定了《武汉经济开发区（汉南区）新型冠状病毒感染的肺炎疫情防控应急保障组工作方案》，明确各成员单位人员名单及职责。应急保障组下设办公室，在区安监局办公，负责应急保障组日常工作，协调、督办应急保障各项工作落实，要求以对人民群众生命健康高度负责的精神落实工作责任，建立应急保障联系沟通机制、会商调度机制、协调联动机制，组织动员一切力量，采取有效措施，确保各项应急保障落实。

疫情防范刻不容缓，1月23日（腊月二十九）凌晨，武汉开发区安监局的工作人员还在逐一电话通知各园区所辖企业，排查企业在岗人员有无感染迹象，耐心告知做好防护措施，并询问有无应急设备需求。

1月23日凌晨6时许，接到疫情防控指挥部1号通报文件，从1月23日10时起无特殊原因，市民不要离开武汉，机场、火车站离汉通道暂时关闭。武汉市应急管理系统迅速做好有关工作，武汉开发区安监局迅速召集全体人员召开紧急会议，登记离汉工作人员信息、提醒做好防护措施、部署下一步应急保障工作。1月23日10时30分，武汉开发区安监局在岗党员干部在副局长袁琪、万进荣带队下分赴军山街凤凰苑社区、湘口街都湾大队，和社区村队的工作人员一起开展宣传劝阻工作。武汉开发区安监局的党员同志们耐心地向经营户、社区村队群众科普防控知识，提醒大家不要离开武汉，对于此次疫情要重视但不要恐慌，密切关注官方通报，不信谣不传谣，要做好个人防护，出门戴口罩、勤洗手，保持通风，和其他武汉人民一起万众一心打赢这场防疫战。坚守岗位的安监同志们纷纷在朋友圈转发了"武汉加油"的图片，家在外地的同志主动取消回家的行程，并和亲人做好解释工作，表示要对自己负责，也对家人负责。

从1月24日开始，武汉市应急管理局协助组织市内医疗用品、药品生产企业尽快复工复产，做好复工复产期间的安全监管工作，确保万无一失。应急管理局列入武汉市防控指挥部应急保障组成员，安排6名同志到市防控指挥部应急保障组专班工作，做好各类应急物资的储备和调度。加强应急值守，武汉市应急管理局党组书记、局长廖明辉亲自在岗带班、干部24小时双人值班。多次组织协调协助企业捐赠防控应急物资。

从1月26日（正月初二）开始，武汉开发区安监局的党员干部职工每天在做好应急值守和区疫情防控指挥部应急保障专班工作的同时，还到结对社区、村队、各自居住地所在社区协助开展疫情排查、疫情防控宣传、稳定社区居民情绪，参与社区巡逻，做好维护工作。

逆行者驻守"安全线"

武汉开发区安监局的工作人员胡启航本来已经买好1月23日的火车票准备返回恩施老家过年，当收到武汉发布的封城消息后，他立马拿起手机拨通了母亲的电话："妈，今年春节我就不回来了，现在武汉发布了封城消息，应该是为了更好地防控肺炎疫情，我这个时候就不添乱了……"放下电话，自己忍着难过的情绪，他清楚电话那端妈妈挥之不去的担心和失落，又给妈妈编辑了一条微信发了过去："妈，我是对你们负责，也是对我自己负责。我们都各自照顾好身体，我的妈妈是最棒也是最理解支持我的，等疫情结束之后我再回来好好陪你们！"他只有20多岁，是家里独生子，还从来没有和父母分开过春节的经历。由于武汉开发区安监局的同志既要负责该区应急值守、疫情防控应急保障专班工作，还要到两个结对社区、村队协助开展疫情防控工作。人员严重紧缺，胡启航也被安排进了安监局驻守军山街凤凰苑社区的名单中。这个看起来有点"犟"的小伙子没有一句抱怨，一直在社区尽最大努力站好岗，忙前忙后进行宣传劝阻……他说："这个时候不分党员、非党员的身份，大家都齐心迎难而上，我虽不是党员，但不能掉队！"

1月28日（正月初四），武汉开发区安监局党组书记、局长何承林通过电话、视频召集局党组成员部署落实派驻党员干部到社区、村队协助开展疫情防控工作，要求在抗击疫情的"战时状态"下，全局同志在做好局内应急值守的同时，要全体发动起来，站在讲政治的高度，对防疫工作高度负责，对自己高度负责，确保工作

阴雨天下，武汉开发区（汉南区）安监局副局长袁琪（左一）在社区门岗卡口处值守为出入居民检测体温。

严格落实到位。疫情就是命令，防控就是责任，区安监局的党员同志距结对的社区、村队普遍有二三十公里的路程，还有的同志专门从区外赶过去。大家努力克服出行、就餐问题，积极发扬党员干部的先锋模范作用。

1月29日（正月初五），袁琪作为安监局驻守军山街凤凰苑社区的带队领导，开始带领党员同志每天常驻结对社区协助开展疫情防控工作。由于家住汉口，到军山街凤凰苑社区差不多有30公里的单程距离，为了不影响早上准时赶到社区开展工作，他主动和家人提出晚上睡在局里的办公室，方便开展工作。"现在天气冷，早上大家都想多睡会儿，我如果因为早上时间误点，给其他同志起了个坏头，那就是我这个带队领导的失职了！"一向爱整洁的袁琪这时候也顾不上"细讲究"了，和同事们开玩笑说："没想到洗个热水澡成了一件奢侈的事情。"而在办公室里休息，袁琪已经坚持了 5 个晚上。

武汉开发区安监局驻凤凰苑社区的青年党员肖宇被安排协助社区排查登记出行车辆、检测体温，一天下来，他体会到："虽然不能像医生、护士那样奋战在前线，但自己会在社区站好岗、服好务，严格摸排疫情，为疫情防控尽一份心、出一份力！"冲锋在前、下沉一线，区安监局的党员干部在努力，也必将全力以赴！

任劳任怨护航战"疫"

1 月 24 日，根据江夏区防疫指挥部要求，武汉市江夏区应急管理局执法队承担区防疫物资的部分保障任务，当起了"防疫"阻击战后勤兵。武汉市江夏区应急管理局执法队 90% 的成员是共产党员，80% 的是复转军人。他们中有的至亲不幸染疾、有的配偶身怀六甲、有的妻子奋战一线，他们是家中的主心骨、顶梁柱。面对来势汹汹的疫情，他们舍小家、为大家，主动请战奔赴一线，闻令而动、听令而战，以实际行动诠释着共产党员全心为人民、复转军人退伍不褪色的初心和本色。

三军未动、粮草先行。抗"疫"号角一经吹响，来自全国的防疫物资源源不断支援武汉各战场，种类多、数量大，为做到物资来源清、种类清、底数清、用途清、去向清，江夏区应急执法队队员们钻入应急仓库，逐个清点、逐样标注，严格落实出入库登记、审批、报备制度，累计完成 30 余种、40 余万件（个）防护物资，60 余吨消杀用品的梳理归类，为区疫情防控指挥部精准调配防疫物资提供了参考和助力。

"早一秒将防护物资送到一线，前线战友就多一份保障，抗'疫'的胜利也将早一天到来，绝不允许防疫物资在保管、周转、发送环节出现任何延误、差错！"这是区应急执法队负责人沈伟每日晨会必讲的话。为分担一线人员压力，他们主动担起物资运输、卸载任务，先后辗转武汉市区、仙桃、咸宁等地，不分日夜地重复物资卸载、核验、入库、发送工作，皮肤被腐蚀、衣服被磨损、体力被透支，他们无怨无悔，只为将物资早一秒送往前方，送到一线战友手中。

因武汉雷神山医院建设需要，位于武汉市江夏区的武汉江车盛欣和工业技术有

运送相关防疫物资。

限公司需紧急开工充装氧气等气体，为让企业快捷、有序、安全复工复产，2月4日下午，江夏区应急管理局总工程师熊毅平及危化科负责人到该公司检查复产复工准备情况。执法人员严格按照《化工（危险化学品）企业复工复产安全十必须规定》、企业复工生产务必做好"六个必须"等要求，重点加强对设备、设施的检查、检测；强化员工的教育培训；对员工个人防护等情况进行检查。同时要求企业待复工申请经区防控指挥部同意后，恢复生产期间务必确保符合安全生产条件和疫情防控要求，以安全为底线，把握重点防护。

在抗击新冠肺炎的战斗中，武汉市江夏区应急管理局了解到部分企业严重缺乏防疫用品，在防疫物资十分紧张的情况下，经多方努力，筹措到一些疫情防控用品。2月6日下午，江夏区应急管理局分管负责人带领执法人员分别为湖北天海石油集团有限公司武汉中百加油站及武汉圣宝源冷藏储备有限公司送去消毒液、酒精、口罩等防疫物资，确保企业一线员工防疫安全，解决了企业燃眉之急。

平地崛起方舱医院

2 月 4 日中午，武汉市江岸区防控指挥部召开紧急会议，传达学习中央驻鄂指导组和武汉市委、市政府有关会议精神，中心议题只有一个——尽早、尽快、尽心地收治已居家隔离的持续发热或疑似病者。12 时 45 分，武汉长江新城管委会主任、江岸区委书记马泽江发出命令：今日 24 时前，在塔子湖体育中心基本完成一座容纳 1000 张床位的江岸区方舱医院。江岸区应急管理局负责前期建设保障总协调，江岸区应急管理局长汪银芳立马带领突击队员王勇、黄刚、周波涛赶到现场，一起动员物业清场腾退无关器材、设备，为 2 月 4 日 16 时物料进场的后续工作提供保障。

江岸区应急管理局副局长胡海平负责在塔子湖体育中心协调指挥方舱医院建设，带领本江岸区应急管理局突击队员随时增补薄弱环节，整体推进工作进展。胡海平说："完好地带入，安全地撤出，就胜了一半。"他每天还抽出时间小结，记录指战员的战役过程，鼓励并宣传抗击"新冠肺炎"阻击战的榜样。社区守控结束的党员赵军科加入，增强了突击力量，整理方舱医院铺盖，有条不紊地转运应急物资。江岸城管（环卫集团）的主力军、江岸区国资公司的木工、水电工等专业力量被调来增援，江岸区公安、消防踏勘现场的同志也赶来驰援，刚刚完成武汉展览馆方舱医院建设任务的市地产集团公司的党员志愿队、应急小分队近 200 人的队伍，从工地直接赶来。

历时一周的项目选址规划、组织实施、建设完善，突击队员们争分夺秒地搭建了一所方舱医院。江岸区方舱医院经部、省、市专家们的验收，终于在 2 月 12 日（正月十九）中午 12 时 45 分开舱，河北省石家庄市的医疗救护团队已接受患者入院治疗，武汉市新冠肺炎患者又多了一个治疗场所。

暴风骤雪坚守战"疫"

2 月 14 日，受强冷空气"倾巢南下"影响，武汉市刮起了 5~6 级偏北风，阵风更是达到了 7~9 级。武汉市气象台 2 月 15 日 11 时 14 分发布暴雪黄色预警信号：预计当日中午到晚上，武汉市将有 6 毫米左右的降雪，请注意防范。为全力迎战暴雪风暴潮，武汉市委、市政府提早部署。武汉市副市长刘子清主持召开市融雪防冻

指挥部视频会议，启动低温雨雪冰冻灾害Ⅱ级应急响应，迅速制发《关于做好低温雨雪天气防范应对工作的紧急通知》。各级各部门和单位统一思想、坚定信心，加强协作配合，全力做好疫情防控期间低温雨雪天气防范应对工作。

武汉市融雪防冻指挥部各单位迅速调集人员、设备、物资做好撒盐除冰准备，随时待命，全力确保定点医院、方舱医院、隔离点等重点区域及主次干道、机场、火车站、快速路等重点道路的畅通。各国有大型企业、平台企业积极做好响应期间的融雪、除雪工作。

武汉市应急管理局及时发出预警提示，督促各部门和广大市民加强用电、用气、烧炭取暖安全，预防火灾和一氧化碳中毒事件。武汉市应急管理局局长廖明辉亲自协调督办有关医院增加床位和医疗机构供氧设施升级改造工作。副局长左汉明微信视频调度危化企业安全生产，确保"员工不出疫情、生产不出事故"。

城管部门落实24小时巡查值守，出动500多人，加强道路桥梁和易结冰路段的巡查，及时撒融雪剂进行融冰，及时调用大型除雪撒盐、车载雪铲、雪滚刷、小型撒布机等进行融雪防冻作业。武汉市交通运输局启动交通运输行业气象灾害（寒潮）二级应急响应。武汉全市交通系统出动应急人员435人次，撒融雪盐159.7吨，车辆136台次，摆放锥形桶2674个、警示标牌267个、防滑草垫150袋，有力保障了疫情防控人员及物资运输"生命线"畅通。

武汉市紧急调配救灾物资。

武汉各区园林和林业局绿化队提前准备，迅速出动应急人员和作业车辆，及时处理逾百棵树木断枝或倒伏情况，优先排除抢险救援通道的交通故障，有力保障了新冠肺炎战"疫"交通安全。

　　武汉天河机场按照"一机一案"的工作原则，有力确保保障顺畅、组织有序、服务优质。同时，加强机坪秩序和现场管理，做好跑道、助航灯光、特种设备的检查维护，避免发生机坪保障不安全事件。

　　武汉公交集团、省客组织工作人员对公交车辆和客运车辆的暖风机等设施、设备检查和维护，确保每辆参与应急保障公交车的暖风系统功能有效、运行正常。确保医护人员、商超员工等顺畅出行。

　　全力保障武汉"小汤山"安全。2月14日，湖北省应急管理厅厅长施政、副厅长陈年山，武汉市应急管理局局长廖明辉及时赴火神山医院，督促有关部门和企业做好房屋漏雨工作，及时解决安全风险隐患问题，检查指导火神山消防站安全工作。2月14日晚至15日，网上开始流传"火神山医院昨晚被风吹走了"的消息，还有火神山医院严重漏水的视频。经核实，漏水现象不是发生在火神山医院，而是发生在雷神山医院尚未交付使用的病区，武汉市城建局和有关企业迅速组织施工单位抓紧维修整改。火神山医院自投入使用以来一直正常运转。针对集装箱式活动板房的简易结构形式，武汉市城建局和相关企业将强化措施，进一步提高应对极端天气的能力。

　　疫情就是命令，防控就是责任。出现新冠肺炎疫情以来，各地应急管理部门迅速行动起来，勇敢地站在抗击疫情最前线，在各级党委有力组织和坚强领导下，全面启动战时状态应对疫情防范处置工作，做好了在特殊时期履行防范化解重大安全风险、应对处置各类灾害事故重要职责的充分准备。

三等奖

国务院安委办 应急管理部假期期间派出工作组

安全生产明查暗访
发现部分企业隐患多

·记者：臧小文　陈绪龙　彭成城　等·

【导语】

国庆中秋长假期间，国务院安委办、应急管理部派出 14 个工作组，深入重点地

区、重点行业领域开展明查暗访，发现部分企业安全隐患较多。

【正文】

工作组在湖北一企业检查时发现，因为放假，生产装置停用，厂内建筑材料随意堆放。企业储罐区只有几个巡查的工人，仪器仪表、实时报警监控、紧急切断等重要装置都处于停用状态。同时工作组人员查阅公司资料还发现，动火作业票证不规范，没有分级动火记录，票证上作业单位负责人没有签字，只画了一条横线

工作组对河南灵宝市一企业进行安全检查，共查出隐患 12 项，其中较为突出的有地下矿山基建期未按要求及时开启主通风机、作业面未安装局部通风机、风速不满足规程要求等。根据工作组要求，企业当天立即建立整改台账，将 12 项问题分别列入"立即整改项"和"限期整改项"

工作组在河北沧州市 4 家企业共查出隐患 26 项。在一家白酒企业检查时发现，酒库乙醇浓度检测报警装置缺失、粮食粉碎系统除尘器无泄爆装置等隐患 12 项，工作组对粮食粉碎车间电源总开关无挂牌上锁、防护栏高度宽度不符合规定、各类标识不规范等隐患进行现场督促整改。在一家饲料企业生产车间，工作组对企业通风除尘形式、设备以及系统设计进行检查，共发现包括除尘器未设置饲料粉尘泄爆装置、粉尘清扫措施落实不到位等 6 项隐患。

针对发现的问题隐患，工作组均已向当地有关部门进行反馈，并要求立即整改。